Johann Schlez

Fabeln und Sinngedichte

Johann Schlez

Fabeln und Sinngedichte

ISBN/EAN: 9783743652330

Hergestellt in Europa, USA, Kanada, Australien, Japan

Cover: Foto ©Andreas Hilbeck / pixelio.de

Weitere Bücher finden Sie auf **www.hansebooks.com**

Fabeln

und

Sinngedichte

von

Johann Ferdinand Schlez.

Erste Sammlung.

Marktbreit,
auf Koſten des Verfaſſers gedruckt
bey Joh. Val. Knenlein.
1787.

Geweiht

Dir, befster *Gleim*, zu Ehren,

Nicht darum, weil du Fabulift,

Nein, weil du, was viel gröfser ift,

Das felbft, was deine Fabeln lehren,

Ein Menfchenfreund, ein Weifer bift.

Schlez.

Vorrede.

Ich übergebe hiermit dem Publicum die Kinder und Gespielinnen meines Geistes und Herzens, die von der dörflichen Einsamkeit meiner Lage die lange Weile verscheucht und mir die müssigen Stunden angenehm verkürzt haben. Sind sie so glücklich, bey ihren Freunden eben das zu wirken, und denen, die es bedürfen, das bischen Lebensweisheit wieder mitzutheilen, das ich ihnen eingeprägt habe: so bin ich reichlich

A 3

für die kleine Mühe belohnt, die
mir ihre Bildung verurfachet hat.

Schon in meinen Kinderjahren
war mir die Fabel aufserordentlich
lieb,und die hier gegebenen Proben
meiner eigenen Schöpfung, würden Meifterftücke feyn, wenn ihre
Güte, der Stärke meiner Neigung
für diefe Dichtungsart gleichkä-
me.   Indefs bin ich zufrieden,
wenn fie, als Erftlinge, nur von
meinen künftigen Verfuchen etwas Gutes hoffen laffen.

Die Erfindungen find, meines Wiffens, gröfstentheils neu;
nur ettliche wenige ausgenommen,
die ich hier namentlich anführen
will.

Die zweyte Fabel des erften Buchs, ift nach Gleim; Mercur und der Fuhrmann, ingleichen: Der fchlummerndeKnabe und dieGöttin des Schickfals, find nach dem Englifchen, wo ich nicht irre, nach der Lilliputian Library; Der fcharfe Effig und Die beyden Ziegenböcke, nach dem Frofchmäusler; Die Tigerhaut und Schmid Matz und fein Spitz, nach dem Araber Lokman; Der frevelnde Freygeift, nach Theodor Beza; Der Blinde und fein Wegweifer, nach dem allbekannten biblifchen Sprichwort, und Hirt Mycon und Jupiter nach irgend einem Jemand, defs Name mir aber entfallen ift.

A 4

Sollte noch dieſs oder das nicht ganz mein Eigenthum ſeyn: ſo liegt die Schuld entweder an einer zufälligen Gleichheit der Gedanken, oder an einer dunkeln Erinnerung, deren ich mir ſelbſt nicht mehr bewuſst bin. Vielleicht war ich aber ohnehin ſchon für diejenigen zu offenherzig, welche der glücklichſten Einkleidung alles Verdienſt abſprechen, ſo bald ſie hören, daſs ſchon ein anderer eben denſelben Einfall entweder ſelbſt gehabt, oder gleichfalls nachgeſchrieben hat.

Die aus fremden Sprachen entlehnten Sinngedichte führen al-

le das Bekenntniſs an der Stirne;
wer ſie aber mit ihren Originalen
vergleichen mag, wird finden,
daſs ich meiſtentheils bloſs die
Veranlaſſung ergriffen, und nur
ſelten, im eigentlichſten Ver-
ſtand, überſetzt habe. So iſt z. E.
das taubmanniſche Epigramm

In Marculum, Poet. Caeſ. Laur.
Factum a Caeſare te vocas Poetam :
Quid ſi, Marcule, Caeſar negaret ?

unter der Aufſchrift: Auf den Edlen von N. N. völlig traveſtirt.
Eben ſo ſind es noch mehrere Sinngedichte, vorzüglich aber die nach-
geahmten Fabeln.

A 5

Zum Schluſs ſage ich meinen
Gönnern und Freunden den herz-
lichſten Dank, daſs ſie zu einer
Zeit, wo alles voll Ankündigun-
gen fliegt, und in meinem eigenen Vaterlande allein, Drey Ge-
dichtſammlungen auf einmal er-
ſcheinen, dennoch auch dieſes
kleine Fabelbuch der Bemerkung
und Unterſtützung gewürdiget
haben.

Geſchrieben Mrt. Ippesheim in Fran-
ken, am 1 Jun. 1787.

———

Fabeln.

Erftes Buch.

Fabeln.

Erstes Buch.

Der Fuchs und der Parder.

Freund! sprach zum Fuchs das Pantherthier,

Komm, laſs uns die verwünſchte Kette

Der höfiſch - ſteifen Etikette

Zerbrechen, und nach Dorfmanier

Par Du und Du, wie Brüder reden;

Denn Freundſchaft kennet keinen Rang,

Und folglich iſt bey uns der Zwang

Der Complimente nicht vonnöthen.

                                     Gut!

Gut! fprach der Fuchs, wir werden fchon
Uns nächfter Tagen wieder fprechen,
Und dann den Bund, mein Herr Patron,
Auf ewig fchliefsen oder brechen.
Er fprachs und fchlich gebückt davon.

Gelegen, ward vom Leuen eben
Ein grofser Courtag angefagt,
Die Schranzen eilten, wie gejagt,
Zur Königsburg fich zu erheben.
Auch unfer Parder zeigte fich
Als Erzminifter in dem Kranze
Der Höflinge zuletzt im Glanze:
Die drängende Verfammlung wich,
Und hinter feinen Füffen fchlich
Der Fuchs herein mit feinem Schwanze.
Zur Probe naht' er nun fich hier
Dem gnadenreichen Panterthier;
Allein, ein froftig - fremdes Nicken

                              Ver-

Verbitterte die Audienz :

Drum wies, nach einem Reverenz,

Das ſchlaue Thier, der Excellenz

Mit ſcharf verbiſsnem Zorn den Rücken.

    Bald war der groſse Galatag

Durchpraſst, und traulich ſchaute wieder

Auf Reiniken der Parder nieder:

„ Was machſt du Brüderchen? " Ach, ſprach

Der Fuchs, Sie ſehn ja was ich mache:

Da ſteh ich eben hier und — lache.

„ Und warum lachſt du denn, mein Schatz? "

Ich lache, weil ſo mancher Matz

Sich glänzend-glücklich dünkt, mit Groſsen

Vertraut und brüderlich zu koſen,

Und nicht zuvor, im ſtolzen Kreis

Der Gröſsern, ſie zu prüfen weiſs.

Um große Freunde hab ich Kleiner
Mich, weil ich lebe, nie gegrämt:
Ich lobe mir den Freund, der Meiner
Sich selbst vor Königen nicht schämt.

Die

Die Fledermaus.

———

Überdrüſſig, Würmern gleich
Sich im Staube zu verkriechen,
Wünſcht' ins freye Wolkenreich
Einſt ein Mäuslein aufzufliegen.
Guter Himmel, rief es aus,
O was hab ich doch verbrochen !
Müde hab ich mich gekrochen,
Ach , ich flügelloſe Maus !
Jupiter ! o darf ich flehen ,
Mild auf mich herabzuſehen ,
Und zwey dünne Flügelein
Mir in Gnaden zu verleihn ?

Lächelnd nickte Zevs, und ſetzte
Flügel unſerm Mäuschen an :

B   Flat-

Flatternd mit Gezifch, ergetzte

Sich das dumme Thierchen dran.

Luftig gaukelnd durch die Lüfte,

Schwang es nun zum lauten Chor

Stolzer Vögel fich empor ;

Aber mit Gekreifch zerftreuten

Alle Luftbewohner fich :

Eitles Flügelmäuschen, fprich!

Riefen fie, was wagft du dich

Unfre Zirkel zu befchreiten ?

Weg von uns du Pöbelzucht !

Suche nicht dich einzudrängen ;

Wir ergreiffen eh die Flucht

Als wir uns mit dir bemengen.

Über die Verachtung grämt

Sich die arme Maus , und kehret

Wieder heim ins Loch befchämt,

Wo man ehmals fie verehret ;

Aber

Aber auch die Brüder fah
Nun die Thürinn von fich weichen:
Fliege doch mit deinesgleichen!
Riefen fie, was willft du Da?

Von dem Zirkel ftolzer Grofsen,
Den fie jüngft gefucht, verftofsen,
Und von dem, den fie veracht't,
Klein und lächerlich gemacht,
Suchte fie als Fledermäuschen
Nun im öden Thurm ein Häuschen,
Flog befchämt und nur bey Nacht.

———————————

Der

Der Hirſch
und der Jagdhund.

———

Was hetzeſt du mich armes Wild
Durch Feld und Forſt? was that ich dir?
Sieh, wie das Blut, verſchäumend, mir
Aus Wunden und aus Nüſtern quillt!
So rief ein mattgehetzter Hirſch
Dem Klaſſer Packan kläglich zu.

Was, ſchrie der Hund, was forderſt du
Von mir? Erbarmen auf der Birſch!
Nein, gutes Thier! So herzlich gern
Ich deiner ſchonte, kann ich nicht;
Denn mich entflammet meines Herrn
Befehl, zu dieſer leid'gen Pflicht.

„ Ach

„ Ach ja! mein rauchend Eingeweid,
Dein Sportelfraſs für dieſe Birſch ,
Entflammet deine Lüſternheit —
Das merk' ich ſchon ... " Hier ſtarb der
　　　　Hirſch.

———

Ach, Bauernvolk! wie ſchüttelt's mich!
Der Sporteln wegen ſchinden dich,
Nach altem Kannibalen - Recht,
Gar oft der Amtmann und ſein Knecht.

———

B 3　　　　　*Der*

Der Mops.

Mops verschlinget unbeschaut,
Druck und Schluck, die guten Bissen;
Nur an schlechten Brocken kaut
Er ganz mählig, um zu wissen
Was er frißt, eh er verdaut.

Merkt es, Menschen! Wie das Thier
Handelt auch gewöhnlich Ihr:
Haftig im Genuß der Freuden,
Habt ihr, ihre Süßigkeit
Recht zu schmecken, selten Zeit;
Doch den bittern Kelch der Leiden
Nipft ihr langsam leer, und leckt,
Recht zu wissen, wie er schmeckt.

Mer-

Merkur und der Fuhrmann.

——————

Ein Fuhrmann, träg und unerfahren,
Zog einſt mit ſeinem Karrn durchs Land.
Dem Herrn an Faulheit ähnlich, waren
Drey ſette Pferde vorgeſpannt.
Wie ein Sekundenzeiger, drehte
Das Räderwerk ſich mählig um,
Indeſs der Führer, ſteif und ſtumm,
Kaum Fliegen mit der Geiſsel wehte.

So ging's, ſolang es köſtlich ging;
Itzt kam ein tiefer Koth, und hing
Sich um die Speichen feſt, und hemmte
Den Lauf ſo lange, bis zuletzt
Das Werk, aus allem Gang geſetzt,
Sich ganz und gar im Pfuhle ſtemmte.

Flugs

Flugs klimmte Stax, um aus dem Koth
Sich felbft zu retten, auf den Wagen,
Und fuchte, weinend, feine Noth
Den Himmelshelfern vorzuklagen.

Da kam gerad des Weges her
Merkur, und fah den faulen Bether:
Thor! meinft du denn vielleicht, fprach er,
Es drehn vom Bethen fich die Räder?
Steig ab vom Wagen, fauler Wicht!
Nächft dem Gebeth auch deine Pflicht
Mit Ernft und Vortheil zu vollbringen:
Ergreiff das Rad, treib das Gefpann
Durch Ruf und fcharfe Geifsel an,
Und dann wird erft dein Wunfch gelingen.

Der

Der zerstörte Weinberg.

———

Auf Veitens flachen Weinberg gofs
Vom Hochgebirg sich Wasser nieder;
Vom Winzer ungeachtet, flofs
Es durch die Reihen hin und wieder,
Und furchte sich in kurzer Zeit
Schon viele merklich tiefe Betten:
Leit' ab das Wasser, Nachbar Veit,
Noch ist dein Gütchen leicht zu retten!
Rief Kunz, sein treuer Freund, ihm zu.
Sey meinetwegen ganz in Ruh,
Sprach Veit, und lafs mich selber sorgen;
Gefchieht's auch heute nicht, gefchieht's
wohl morgen.

Der Morgen kam, und vierzehnmal
Sank er am Abendhimmel nieder,

B 5   Und

Und immer durch den Weinberg ſtahl
Das Waſſer noch ſich in das Thal,
Und Kunz, der Freund, ermahnt ihn wie-
der.

Sey meinetwegen ganz in Ruh,
Rief Veit ihm halbbeleidigt zu:
Wer hiefs dich denn für andre ſorgen?
Geſchieht's auch heute nicht, geſchieht's
wohl morgen.
Und Morgen — ſprach der faule Wicht
Jahr aus, Jahr ein, und — that es nicht.

Wie Veitens Trägheit ſich vermehrte,
So wuchs des Waſſers Thätigkeit;
Rifs weiter um ſich, und verheerte
Das Rebenfeld in kurzer Zeit.
Unfruchtbar lag und traurig da
Der Fels, vom Erdgewand entkleidet;

Die

Die ſchönſten Traubenſtöcke ſah

Man kahl — von Winzern ſonſt beneidet:

Und vom Gefild, das lange Zeit

Durch ſüſse Früchte ſeiner Reben

So manchem Lechzer Troſt gegeben,

Ward keine Secle mehr erfreut.

———

Dem Waſſer gleicht des Laſters Macht;

Das Herz iſt gleich dem Traubenhügel:

Ein weiſer Kunz wird oft verlacht,

Und eh es mancher Veit bedacht,

Hat ſchon das Laſter freye Zügel

Entwurzelt, wie im Traubenfeld

Die Rebe lag: ſo liegt die Tugend

Nicht ſelten durch den Strom der Welt,

Wo man nicht ſchon in früher Jugend

Ihm einen Damm entgegenſtellt.

                                Wohl-

Wohlan! fo lafst uns heute forgen;
Was heute nicht gefchieht, gefchiehet felten Morgen!

Das

Das Turteltäubchen
und der Kuckuck.

———

Im Wald und Felde flog umher
Ein treues Turtelweibchen,
   Und kam, das Kröpfchen voll und ſchwer,
Zurück zu ſeinen Täubchen,
   Und gurgelte den Vögelein
   Das lang erſehnte Futter ein.

   Frau Kuckuckinn, die ferne ſaſs,
Und ſorgenlos ihr Futter
   Auf einem Aſt alleine fraſs,
Flog hin zur treuen Mutter:
   Ei Pfuj Madam! wie bürgerlich!
   Ich dächte doch Sie ſchämten ſich —.

Wer

Wer wird denn selbst mit eignem Mund
Die jungen Schreyer füttern,
Und sich so manche liebe Stund
Durch Ammendienst verbittern?
Dabey verliert man vor der Zeit
Die Reitze, blofs aus Zärtlichkeit.

Drum leg' ich jederzeit mein Ey,
Von vielen überläst'gen
Erzieh - und Nahrungs - Sorgen frey,
Gleich in ein fremdes Nestchen:
So heckt ein armes Vögelein
Mein Iunges flügg und nährt es fein.

Ganz unbequemlich mag es nicht
So seyn, das will ich glauben,
Sprachs Täubchen: doch es widerspricht
Dem Muttersinn der Tauben;
Denn dieses ohne Noth und Schmerz
Zu können, heifcht ein — Kuckucksherz.

Der

Der ſcharfe Eſſig.

———

Prr ! wie ſauer muſs der Wein
Schon im Faſs geweſen ſeyn ,
Der ſo ſcharfen Eſſig gab !
    Sprach zur Mutter einſt ein Knab.

Nein , er kam vom beſten Wein —
Fiel die Mutter lächelnd ein.

Liebes Frizchen , merk' es dir !
Rief der kluge Vater hier :
Aus dem allerbeſten Freund
    Wird der allerärgſte Feind.

———

Der

Der Kater und der Jagdhund.

Heida! willkommen meinem Zahn,
Vermaledeyhter Wildpretnafcher!
Fuhr einft, im Jagdrevier, ein rafcher
Melampus einen Kater an.

Oho, geftrenger Herr! verfetzte
Der Murner, glaubet mir, es nafcht
Sich nicht fo leicht — Das erft' und letzte
Feldhäschen, das ich jüngft erhafcht,
War euch ein Ding wie eine Ratte,
Das ich auf einer Mäufejagd,
Ganz ungefucht, gefunden hatte.
Nun fprecht! Ift denn, beym Licht betracht't,
Der Fehler nicht durch mein Verlangen,
Viel taufend Mäufe wegzufangen,
Schon zehnfach wieder gut gemacht ?

Wenn

Wem fingſt du denn, du dummer Teufel,
Die Mäuſe? fiel Melampus ein:
Dem hochgebohrnen Junker? Nein!
Den Bauern alſo ohne Zweifel?
Wohlan! ſo laſs von denen itzt,
Für die du Mäuſe fingſt, dir rathen;
Indeſſen: weil du doch zum Schaden
Des Herrn, ein Häschen wegſtipitzt,
Biſt du — ſo viel du ſonſt genützt —
Für mich ein ganz gelegner Braten.

———

Dient, wo es möglich, ganzen Staaten,
Und ſchadet Einmal nur dem Herrn;
So halten tauſend edle Thaten
Die Rache ſelten von euch fern.

———

C   *Der*

Der klagende Efel.

———

Ein armes Müllerefelein
Fing an, fich über Knauferey'n
Des Müllers täglich zu beklagen,
Und Freund und Feinden, wie es kam,
Mit hundert Seufzern, feinen Gram
In diefen Floskeln vorzutragen:

    Wie glücklich ift mein Vetter doch,
Das Rofs, im glänzenden Gefchmeide,
Der Ochs nicht minder an dem Joch!
Nach leichtem Tagwerk, gehen beyde,
Vóm Herrn geftreichelt, ohne Scheu,
Bey Hafer, Klee und füfsem Heu,
Im warmbeftreuten Stall zur Weide.
Das dumme Schaaf, die träge Kuh,
Verzehren in gewünfchter Ruh
Die befsten Biffen — und mich armen
                Knecht

Knecht Bileams, drückt ohn' Erbarmen,

Tagtäglich, ohne Ruh und Raſt,

Der Mehlgefüllten Säcke Laſt,

Und unverdientes, grobes Schelten,

Und Diſteln, Häckerling und Spreu,

Mit Schlägen überſetzt, vergelten

All meine Mühe, meine Treu!

So klagte, mit geſenktem Ohr,

Der Eſel ſeine Leiden vor,

Und ſeine Klagelieder machten,

Daſs er, in wenig Monden ſchon,

Von Thieren, die noch nie gedachten

Den armen Schreyer zu verachten,

Sich ſah verachtet und geflohn.

Zu ſchwach, ſich dieſes zu erklären,

Begann er itzo, weit und breit,

Sich über Wankelmüthigkeit

Der Freunde, kläglich zu beſchweren.

O Thor! erwiedert ihm das Pferd
Zuletzt ergrimmt, — Du bist es werth,
Das kann ich länger nicht verhehlen!
Was nützte denn, das sage mir,
Das ewige Gewinsel dir,
Als blofs, auch andre mit zu quälen?
Wer gab dir Hafer, Klee und Heu,
Für Disteln, Häckerling und Spreu?
Wer half dir Last und Schläge tragen?
Indessen haben deine Klagen
Dich bey dem Einen tief veracht't,
Beym Andern widerlich gemacht.

———

So klingt, was auf des Esels Klagen
Das Rofs ihm thät zur Antwort sagen;
Und ihr, Getroffne, nehmet sein
Ein Beyspiel an dem Eselein!

———

Der

Der Blinde und ſein Wegweiſer.

———

Mit einem einzgen Aug beglückt,
Das, brillenlos, den Weg zu finden
Kaum taugte, ſaſs, vor Luſt entzückt,
Hans Monoſthalm bey einem Blinden,
Und ſuchte dieſem armen Wicht
Von ſeinem trefflichen Geſicht
Viel Wunderdinge vorzuprahlen,
Und ihm — indem er, ganz vertraut,
In die geblendten Augen ſchaut —
Die Welt gar reizend vorzumahlen.

Ach Engel! rief der blinde Mann,
Dich hat gewiſs ein Gott zum Leiter
Für mich erſehn; Ich Armer kann,
Da mich mein gütiger Begleiter

Verlaffen hat, nunmehr nicht weiter:
O biete mir . . . .

Von Herzen gern!
Fiel ihm fein Engel in die Rede;
Wer Armen dient, der dient dem Herrn,
Und wehe mir! wenn ich's nicht thäte.

Kaum aber waren fie des Wegs
Ein Viertelftündchen fortgezogen,
Als beyde fchon, des erften Stegs
Verfehlend, in das Waffer flogen.

Wo, rief der Führer, hatt' ich Tropf
In aller Welt denn meine Augen?
Wo? fprach der Blinde, wohl im Kopf,
Nur fcheinen fie mir nichts zu taugen.
Geh hin, und fuch den Mann für Dich,
Den du für Andre machen wollteft.
Zwar fiehft du etwas mehr als Ich;

Doch

Doch lange nicht ſo viel du ſollteſt.

Leicht iſt's, den Blinden überſehn

Und ihm auf Straſsen vorzugehn,

Nur gibts auch Gräben — —

      Ungezogen!

Schnarcht' ihn der blinde Führer an,

Mir gieng es eben, Grobian!

Wie vielen unſrer Pädagogen.

Die Schwalbe und die Lerche.

———

Die fromme Lerche faſs im Lenz,
Vom meuchſeriſchen Blei gelähmt,
    Im Weitzenfeld und weinte:
Da ſtreifte ſchauckelnd her und hin
Die Schwalbe mit behendem Flug
    Und hört' die Arme weinen.

Was, fragte ſie, was machſt du hier
Liebs Vögelein im Weitzenfeld?
    Warum biſt du ſo traurig?
Ach Liebe! warum ſollt' ich wohl
Nicht klagen, ſprach die Sängerinn,
    Siehſt du mich denn nicht bluten?

— Nie

Nie werd' ich wieder in die Luft
Mich heben und den Freudengrufs
   Der Morgenröthe bringen.
Ach! weinen werd' ich, wenn im Herbſt
All meine Brüder fürder ziehn
   Und mich in Noth verlaſſen;

Doch Froſt und Hunger werden dann
Der Sehnſucht und des Mangels Quaal
   Mildthätig mir verkürzen.
O Menſchen, Menſchen, welch ein Dank!
Iſt das der Lohn, daſs mein Geſang
   Des Pflügers Laſt verſüſste?

Ha, Meuchelmörder! rührte dich
Das Trillo meiner Töne nicht,
   Als dein Geſchoſs mich lähmte?

Was

Was that ich dir zu leid, o Menfch!

Was thaten all die Meinen dir,

    Dafs du mich Arme kränkeft?

Komm, rief die Schwalbe tröftend aus,

Komm liebe Sängerinn mit mir

    Zu jener niedern Hütte.

Der Wirth, defs überftrohter Firft

Mein Neftchen dort befchirmt, wird dir

    Auch Dach und Fach vergönnen.

Ein Reicher, dem der Überflufs

Der Tafel nicht genügte, fchofs

    Dich für den leckern Gaumen:

Ein Armer, froh mit Milch und Brot,

Theilt feinen Biffen gern mit dir

    Und heilet deine Wunden.

                  Durch

Durch Noth gedrungen, flatterte
Die Lerche ihrer Freundinn nach.
 Bis zu der kleinen Hütte.
Der Arme nahm ſie freundlich auf,
Gab Brot ihr aus der Hand und ſtrich
Mit Öhl die blutge Wunde.

Bald wurde dieſe wieder heil,
Und neue Kraft zum Schwung ergoſs
 Sich in die Flächſen wieder;
Da ſang die fromme Sängerinn
Ein Lied voll Dank, und flog zurück
 In die geliebten Fluren.

Als drauf in ihres Pflegers Hand
Die Sichel klang, da ſchwebte ſie
 Um ihn und ſang die Weiſe:
       Gott

Gott lohne dir, du guter Mann,

Was du voll Huld an mir gethan,

Auf deiner Lebensreiſe.

Schmerzt irgend eine Wunde dir,

So träufle ſanft ein lindernd Öhl,

Wie Thau, vom Himmel nieder:

Nie mangle dir's an Milch und Brot,

Und ſtirbſt du, ſo erzeige Gott

Barmherzigkeit dir wieder!

Fabeln.

Zweytes Buch.

Fabeln.
Zweytes Buch.

Der junge Seefahrer.

Ein Iüngling , der die Welt zu fchau'n ,
Wie Cook , der Weltumfegler , brannte ,
Befchlofs der See fich zu vertrau'n ,
Liefs eine Jacht vortrefflich bau'n ,
Und ftiefs bey gutem Wind vom Lande.
Nur feinen Steuermann erkohr
Er aufs Gerathewohl : — Was nützet ,
Dacht' er bey fich , ein Matador ,
Wenn nicht auch Ihn das Glück befchützet?

Der

Der befste Schiffspatron verlohr
Oft in der Tiefe Gut und Leben,
Indefs, dem günft'gen Wind ergeben,
Ein Stümper, am beglückten Strand,
Das fichre Ziel der Reife fand.

So dacht' er noch, als unvermuthet
Ein Wind - und Wellen - Streit begann.
Erbebend ftand der Steuermann,
Vor Angft und Schrecken wie verblutet.
Nichts übertraf itzt die Gefahr,
Als nur des feigen Schiffers Zagen,
Der gänzlich unerfahren war
Mit Wind und Wellen fich zu fchlagen.

Zu fpät erfuhr der Jüngling itzt
Am eignen jammervollen Loofe,
Wie fchwankend fich es in dem Schoofse
Des treuvergefsnen Glückes fitzt.

       Ach !

Ach! rief er aus : Vielleicht entrifs
Ein kluger Steurer mich den Wellen ;
Ein Stümper läfst die Jacht gewifs
An einer Klippe nun zerfchellen!

Gefagt, gefchehn! Es brach das Schiff:
Der ganz betäubte Jüngling griff
Nach einem Maft, um zu entkommen ;
Er fchwamm voll Todesangft und ward,
Nach einer jammervollen Fahrt,
Von Algiers Kapern aufgenommen.

————

Auch ohne lenkenden Verftand,
Befchliefset fich die Fahrt durchs Leben,
Dem günft'gen Wind des Glücks ergeben,
Zuweilen am erwünfchten Strand ;
Wie aber: wenn der fanfte Wind
In Unglücksftürme fich verkehret,

D   Und

Und nicht Entfchloffenheit gefchwind
Gefahren abzuwenden lehret?

O Weisheit! kluger Steuermann!
Du führft bey Stürmen, ohne Beben,
Uns meiftens glücklich hin durchs Leben,
Und landft am Ufer, wo nicht eben
An El - Dorado's Küften an!

———

Die

Die Papier - und Kupfermünze.

—————

Als einſt, auf einem Wechslertiſch,
Zu Kupferpfennigen ein Wiſch
Papierne Lumpenmünze kam,
Sprach dieſe, mit empfundner Schaam,
Zum Kupfergelde: Wie verwegen!
Du Bettelvolk erkühneſt dich,
Zur Rechten gar, dich neben mich
Trotz meinem höhern Stand zu legen?

Halt ein, verſetzt ein Kupferſtück,
Mir deine Würden vorzuloben!
Wer hat dich in den Stand erhoben,
Als blindes, unverdientes Glück?
Aus Bettlerlappen nur entſprungen,
Iſt gleichen Werths dein Korn und Schrot,

Und zu des Vaterlandes Noth,
Ift dir der kühne Schritt gelungen:
Jedoch, verfuch es aufser Land!
Was giltft du dort? Um einen Dreyer
Wärft du, dem Pfunde nach, zu theuer;
Ich aber werd' in jeder Hand
Den Werth der innern Würde tragen.
Dich fetzt, vielleicht in wenig Tagen,
Des Stempelherrn erlauchter Schlufs,
Gefällt es ihm dich zu verfchlagen,
Herunter bis zum — Fidibus.

———

Die ihr euch felbft um Titel grämet,
Und nach des Titels fchalem Ton
Den Werth des Mannes fchätzt — o nehmet
Zu Herzen diefe Lection!

———

Der

Der Pudel und der Pommer.

———

Ein Kraftgenie vor tanfend Thieren,
Ein Pudel, munter Tag und Nacht,
Ging oft mit feinem Herrn zur Jagd,
Und übte fich mit allen Vieren,
Nach jedem wohlgelungnen Schufs,
Die wilden Änten aus dem Flufs
Behend dem Herrn zu apportiren;
Worauf er ftets des Jägers Hand
Bereit zu Schmeicheleyen fand.

Ein Pommer, dem auch mitzutraben
Beliebte, fahe diefs mit Neid,
Und wollt', obgleich zu ungefcheidt
Es nachzuthun, doch allezeit

Auch

Auch Theil an den Kareſſen haben :

Er ſprang darum, wenn jener ſchwamm,

Am Ufer her mit lautem Bellen,

Bis er, beladen, aus den Wellen

Zurück mit ſeiner Beute kam.

Und flugs ſtiritzt dem armen Hunde

Den Fund der Pommer aus dem Munde,

Springt über Hals und über Kopf

Zum Herrn und ärntet die Kareſſen:

Am Ufer ſchüttelt ſich indeſſen

Mit leerem Maul der naſſe Tropf.

———————

Verdammt! als Ich am Siege war,

Kam, nach erſtandener Gefahr,

Mir ein Rival und wurde Sieger —

Klagt' einſt dem Staabs = Chirurg ein Krieger.

Mich

Mich freut ein Mann, erwiedert der,
Der gleiche Klagen mit mir führet.
Wenn ich den Kranken halb kuriret,
Kommt oft ein dummer Pfuscher her:
Dann that Ich nichts und alles Er.

Die

Die Biene und die Ameise.

———

In einem Blumenkelche fand
Ein Bienchen, auf der erften Reife
Durchs Klee - und Honig - reiche Land,
Ein Thierchen, ihm noch unbekannt,
Und forfchte bald nach Neulings - Weife:
Was fucheft du? Wie nennt man dich?
Der Landmann, fprach es, nennet mich
Die Ämfe nur — Ich fuche Speife.

Wo refidirt die Königinn?
Fuhr itzt die Biene fort zu fragen.
Wir haben, fprach die Fremdlinginn,
Gottlob! kein Königsjoch zu tragen,
Und bey der alten Linde dort,
An jenem ungeftörten Ort,
Ift unfer Lager aufgefchlagen.

So

So herrſchet denn in eurem Staat
Vielleicht ein weiſer Magiſträt ?
Beſchloſsen endlich ſich die Fragen.
Bewahre Gott ! auch dieſer nicht ,
Erwiedert das Inſect , wir leben
Der eignen Eintracht nur ergeben ,
Und handeln recht aus innrer Pflicht ,
Drum iſt kein Zwang in unſerm Orden,
Nicht Königinn , nicht Magiſtrat
Sind nöthig einem freyen Staat ,
Bey dem die Eintracht erblich worden.

———

O ſüſse , holde Fantaſie !
Wer wäre da nicht gerne Bürger ,
Wo Freyheit nur beglückt , und nie
Ein ausgeart'ter Freudenwürger
Den brüderlichen Frieden ſtört ; —
Doch , ſchwärmeriſche Träumer , hört ,

D 5   Daſs

Dafs ich die Fabel nur erwähle ,

Zu zeigen — dafs nur der allein ,

Der ohn' Erfahrung fchwatzt , fo fein

Erfinderifch und füfs erzähle.

    Die Ämfe hat , der Biene gleich ,

Auch ihre Königinn. Das Reich

Der Freyheit wär' ein Reich der Sklaven ,

So lange Menfchen , Menfchen find ;

Und wollt' ein Gott das klügre Kind

Mit feiner fchärfften Ruthe ftrafen :

So gäb' er den verkehrten Sinn

Zum Opfer feiner Wünfche hin.

Der

Der Tanzbär und der Mülleresel.

———

Vor einem Müllerhofe klang
Ein Dudelfack in hellen Tönen ,
Und fchwer, auf plumpen Tatzen, fchwang
Sich zur Mufik ein Bär im fchönen
Polackentanze , voll Verdrufs ,
Und brummte , dafs ein Afinus
Des Müllerhofs , aus feinem Schlummer
Erwachend , zu dem Tänzer lief.

I ! lafs er doch das Brummen , rief
Er ihm entgegen , alter Brummer !
Was ärgert ihn denn wohl ? Er hat
Ja wahrlich Brot und Waffer fatt ,
Und alfo gar nicht Noth zu klagen.

Ich

Ich mindstens dünkte mich beglückt,
Dürft' ich, vom gleicher Koft erquickt,
Zum Tanz ein Nafenringlein tragen,
Statt dafs der Säcke Laft mich drückt.

    Ja ja ! das feh ich an den Ohren,
Und hör's auch deutlich am Gefchrey,
Dafs du dich wohl befindft dabey —
Verfetzt der Bär dem guten Thoren.
Wär' Ich , wie du , zur Sklaverey
Von einer Efelinn gebohren:
So fräfs ich auch fo frifch und froh ,
Wie du , für Zucker — Haberftroh.

———————————————

                              Die

Die städtische Feldmaus.

———

Ach, liebe Mutter! laſs mich doch
  Zur Stadt nur Einmal gehn;
Hier kann man nichts als Pflug und Joch
  Und dumme Ochſen ſehn,
Und alſo lernt man ewig nicht
  Den Ton der groſsen Welt.
So ſprach mit grämiſchem Geſicht,
  Ein Mäuslein auf dem Feld.

Und das Gebettel liefs nicht nach,
  Bis endlich die Mama,
So gründlich ſie auch widerſprach,
  Sich überwältigt ſah.
Mit Sack und Pack bereiſte nun
  Das Töchterlein die Stadt,
Nahm Lection im Neckiſchthun
  Und afs Confect ſich ſatt.

                    Ein

Ein Jährchen währte fo das Glück
 Bey Clubs und Luftparthey'n :
Nun kam die Hofmamfell zurück ,
 Voll fader Ziererey'n ;
Trug ftädtifch hoch den kleinen Schwanz ,
 Hielt Kopf und Fufs galant ,
Verzog das Mäulchen und war ganz
 Nach Hofmanier gefpannt.

Ein Dorfgeck , füfs und minnig , warb
 Um das Mamfellchen hier ,
Und Lipp und Pfötchen küffend , ftarb
 Er ach ! vor Liebe fchier.
Doch war die holde Flitterzeit
 In Wonne kaum entflohn :
Vergällten Noth und Herzeleid
 Den Liebeszucker fchon.

Des

Des Feldes beſſter Weitzen ſchmeckt
    Der zimpen Dame nicht ;
Ihr lüſtet einzig nach Confect
    Und leckerm Gargericht.
Das Hungerbrot ſich ährenweis
    Auf jedes Winters Froſt
Zu ſammeln , galt zu ſauern Schweis
    Für dieſe ſchlechte Koſt.

Zu rauh , nur zum Spazierengehn ,
    War ihr das Stoppelfeld ,
Und nichts als Pöbelvolk zu ſehn ,
    Die gröſste Laſt der Welt :
Zu bäuriſch war die Wohnung ihr ,
    Des Winters allzukalt ,
Und kurz , das ganze Dorfrevier
    Für ſie kein Aufenthalt.

In

In Mifsbehagen , Zank und Streit ,

    Durchlebten Mann und Frau ,

Ganz ungenützt die fchönfte Zeit ,

    Vor Quaal und Kummer grau ;

Die Nachbarn aber rings im Land ,

    Mit Dörferinnen froh ,

Begnügten fich mit ihrem Stand

    Und ftarben alt auch fo.

Der

Der Kuckuck und die Nachtigall.

———

Wie kommt es ? fragt' ein Kuckuck einst
Mit stolzer Miene Philomelen ,
Dir lauschen , wenn du lachst und weinst ,
Fast immer gleichgestimmte Seelen ;
Mich aber , scheints , behorcht man nur ,
Wenn ich der neuerwärmten Flur
Im Lenz zum erstenmal erscheine ;
Denn leider ! ist nur allzubald
Das ganze Publicum für meine
Bezaubernden Gesänge kalt.

Das ist so schwer nicht zu ergründen ,
Sprach diese , Freund , du suchest nur
Dein Eigenlob der weiten Flur
Durch deinen Namen zu verkünden ,

E.   Und

Und dieser schallt zur gröfsten Quaal
Der Ohren ewig fort : Wer könnte
Das dulden ? Weifs man den einmal,
So weifs man alles bis zum Ende.
Des Wechfels ewige Magie ,
Die Kunst zu weinen und zu scherzen ,
Erwarben meiner Melodie
Stets weiche , gleichgestimmte Herzen ;
Doch , selbst die zauberreichste Kunst ,
Verlieret leicht Geschmack und Gunst
Durch eigenliebiges Gepränge :
Drum preif' ich alles durch Gefänge,
Was ringsum meiner Fantafie
Gefällt, nur — meinen Namen nie.

———

Wie mancher, der nach Ewigkeit
Durch feinen Sing und Sang gerungen,
Befang nur Seine Wenigkeit,
Und hat fich felbst zu Grab gefungen!

———

Das

Das Nachtigallenpärchen.

———

Ein Nachtigallenpärchen

 Verliefs die Blumenau'n,

Um sich in Waldgesträuchen

 Ein sichres Nest zu bau'n.

Mit frohem Schmettern grüfste

 Das Sängerpaar den Hain,

Und augenblicklich stimmte

 Der Specht mit Lachen ein.

Durch Sympathie gezogen,

 Erwählt der Sohn des Glücks

Zum Freund, ein Kind des Glückes,

 Und nicht des Mifsgeschicks:

So ging es hier: noch hatte

 Der Abend nicht gegraut,

Und schon war mit dem Pärchen

 Der muntre Specht vertraut.

Doch

Doch häuffen frohe Tage
　　Nur felten fich zum Jahr;
Ein lofer Köhler hafchte
　　Das Nachtigallenpaar:
Im Vogelbauer weinten
　　Die Armen bitterlich,
Indefs ihr Freund die Hütte
　　Vergnügt und frey umftrich.

Ach, riefen fie, ach öffne
　　Des Käfichs Gitterthor!
Doch eingekerkert blieben
　　Die Sänger nach wie vor:
Bis durch des Zeifigs Güte,
　　Den man zuvor veracht't,
Das Pärchen ward erhöret
　　Und wieder frey gemacht.

Ein

Ein frohes Flattern dankte
Dem Retter für das Glück,
Und schamlos kam nun wieder
Der feine Specht zurück;
Fort aber, sprach das Pärchen,
Wer nicht mit Armen weint,
Sey auch in guten Tagen
Nie der Beglückten Freund!

Die

Die Tigerhaut.

———

Einst fanden Jägerhunde
    Ein frisches Tigerfell,
Und zerrten an dem Funde
    Mit üppigem Gebell.

Da kam ein Fuchs und sagte:
    O lebt' der Tiger noch!
Ihr Klaffer, welcher wagte,
    Sagt, welcher wagt' es doch?

———

Die

Die Ziegenböcke.

——————

Auf einem langen, schmalen Stege
Begegneten, aus Unbedacht,
Zwey Ziegenbö ke sich bey Nacht,
Und standen Mitten sich im Wege.

Was nun zu thun? Sich umzudrehn,
War auf dem spannenbreiten Schragen
Kein Spaſs, und à la Krebs zu gehn
Nicht minder kritisch; denn mit Zagen
Sahn beyde in die Flut hinab,
Und schwindelnd auch darinn ihr Grab:
Nun welcher soll das Leben wagen?
Da möcht ihr Kasuisten fragen!
Jedoch, ein Hürnerträger ist
Hier klüger als ein Kasuist.

E. 4   Du

Du fiehſt Herr Bruder felbſt: zur Seite
Fehlt uns der Raum: Den halben Mann
Zu weichen, fprach er, geht nicht an:
So komme denn, mein Freund, und fchreite
Vorfichtig über mich hinweg,
— Hier fchmiegte er fich auf den Steg —
Und alfo retteten fich beyde.

Vom Ufer, rechts und links, erklang
Nunmehr der frifche Luſtgefang:
Es ſterben alle Friedenhaſſer!
Es lebe die Nachgiebigkeit!
Denn ficher fchlöſſen ihren Streit
Zwey Renommiſten nun — im Waſſer.

———————

Die

Die Meyen im Buschwald.

———

Es war einmal ein Wäldchen — Wo?

Das weifs ich wohl; nur fag ich's nicht,

Weil Gellert auch den Wald verfchwieg.

Wo jener kluge Petz getanzt.

Genug! ein kleines Wäldchen war

Mit Hafelbüfchen, Hagedorn

Und Buchenfträuchen vollgewirrt:

Nur fparfam ragte hin und her

Der Meye dünngelocktes Haupt

Aus niederm Schlinggefträuch hervor,

Und war des Waldes Schmuck, die Luft

Des Wandrers; aber auch zugleich

Der Büfche Stoff zum Ärgernifs.

E 5 Was

Was doch die frechen Meyen fich
Hier über uns erkühnen! fprach
Der Hagedorn zum Hafelbufch,
Der Hafelbufch zum Buchenftrauch,
Und fchalt den weifsbekleid'ten Stamm,
Und fchalt der Blätter Spiel im Weft,
Und fchalt den hohen Wipfel, der
Ins Strauchgehölze Schatten warf,
Und nun begann ein fader Spott
Von Bufch zu Bufch im kleinen Wald.
Bog dann mit unfichtbarem Arm
Ein Nord der Meyen Silberftamm:
Da lief behend und fchadenfroh
Das Hohngeflifter durchs Gefträuch;
Die Meyen aber hoben fich
Zum Himmel wieder, Zedern gleich.

  Ach! feufzt' die eine, wären wir
In jenen lichten Wald verfetzt!

Zu hocherhaben für den Neid,
Zu stolz, uns zu verachten, ständ
Die Schatteneiche neben uns,
Und ewigjunge Tannen, sähn
Wohl gern ihr dunkles Immergrün
Durch unser Weifs und Gelb erhöht.

  Ja! fiel die klügre Schwefter ihr
Ins Wort; Nur lern von ihnen auch
Den Stolz, der auf des Kleinern Hohn
Gelafsnen Muthes niederfchaut;
Denn Trotz des Neides fchelem Blick
Und Hohngezifch, ift doch ein Glück
Viel befser als ein Mifsgefchick,
Wobey vielleicht auch unfer Feind,
Verföhnt, des Mitleids Thräne weint.

————————————

Der

Der Land - und der Waſſerbär.

———

Ein brauner Bär, der lange Zeit,
Stolz auf die Stärke ſeiner Knochen,
Mit prahleriſcher Eitelkeit
In Pohlen jedem Hohn geſprochen,
Beſchloſs nunmehr, auch auſſer Land
Sich groſs und fürchterlich zu zeigen,
Und wünſchte den beeisten Strand
Der Bäreninſel zu erreichen.

Er kam — wie? hab ich nicht gefragt —
Auch glücklich an im kältſten Norden,
Entſchloſſen, jeden der es wagt

Ihn

Ihn anzutaſten, zu ermorden,
Und dann das abgebalgte Vlieſs
Als Siegeszeichen aufzuſtecken,
Um auf dem Eyland, gleichen Schrecken
Wie in dem Wald, den er verlieſs,
Durch Tapferkeit ſich zu erwecken.

Doch, welch ein Zagen übernahm
Den armen Gauch, als ihm, mit Feuer,
Ein fürchterliches Ungeheuer,
Ein Waſſerbär entgegen kam!
Flugs kehrt' der Prahler ihm den Rücken
Und floh mit bebendem Gebein:
Doch hohlte jener bald ihn ein
Und riſs den Goliath in Stücken.

———

Wie

Wie manches Schulmagifterlein,
Das fich durch Griechifch und Latein
Und fyllogiftifch - harte Brocken
Den Abderiten furchtbar zeigt,
Sieht in Athen fich bald erreicht,
Bald übertroffen, und erbleicht,
Und kann, vor Schaam und Angft, vielleicht
Den Hund nicht aus dem Ofen locken.

Fabeln.

Drittes Buch.

Fabeln.

Drittes Buch.

Der Wolf und der Marder.

Fürst Wolf bekam einst Appetit

Nach Hühnerfleisch , und liefs den Marder

kommen:

Mein Sohn, sprach er, wie ich vernommen;

Befuchet oft dein fchlauer Tritt

Im Finftern die Menagerien

Der Tauben , ringsumher im Land,

Und weifs gefchickt der Feindeshand

Mit dem geraubten zu entfliehen;

F   Nun

Nun hab ich schon geraume Zeit
Ein Recht, wornach seit vielen Jahren,
Die Hühner, der Gerichtsbarkeit
Des Wolfes unterworfen waren,
Nicht mehr so streng und ungenirt,
Wie sonst gewöhnlich, exercirt:
So gehe denn, mein Sohn, und fange
Mir itzt aus jedem Hühnerhaus
Gewissenhaft den Zehnten aus
Und sey bey deiner Pflicht nicht bange;
Nur, was ich bitte, liefre fein
Bey Hofe das Geflügel ein!

Der Marder, stets bereit zu schaden,
Nahm freudig diese Vollmacht an,
Und fiel nunmehr mit scharfem Zahn,
Gar manche Henne, manchen Hahn,
Wie sonst die armen Täubchen an,
Und setzte sich durch jeden Braten
Bey seiner Durchlaucht baß in Gnaden.

Ein

Ein Bauer aber, der fich fchlecht
Auf Zehend und verjährtes Recht
Verftand, errichtet' eine Falle
Mit Lift vor feinem Hühnerftalle.
Der Marder kam nach Wunfch und Sinn:
Schnaps! hing der Schadenfroh darinn
Und fchrie gewaltig in der Zwicke:
Fürft Ifegrimm! zu Hülf! Ich bin
Gefangen hier durch lofe Tücke:
Doch feine Durchlaucht hörten nicht;
Der Bauer aber fchlug ein Licht,
Und kam und griff den Böfewicht
Mit plumpen Tatzen beym Genicke:
Willkommen fchlauer Hühnerhacht!
Willkommen hier in meiner Klemme!

Ach, rief der Marder aus, ach hemme
Den Zorn, mein Herr! In deine Macht
Hat mich Dienftfertigkeit gebracht:
Mein Fürft, der Wolf, hat es befohlen —

Nie hätt' ich fonft daran gedacht,
Ein einzig Hühnlein abzuhohlen;
Ift aber doch dein Grimm fo grofs,
So räch' am Wolf dich nach Belieben,
Der mir die Kniffe vorgefchrieben,
Und laffe mich Unfchuld'gen los.

Was? los dich laffen? O du fchlauer
Und fchadenfroher Hühnerhacht!
Dich hab ich itzt in meiner Macht
Und nicht den Wolf, verfetzt der Bauer;
Und unverhörter Sachen, brach
Dem Marder das Genick ein Schlag.

Der

Der schlummernde Knabe und die Göttinn des Schicksals.

———

Ein sorgenfreyer Knabe schlief
    Am Felsenabhang ein :
Ihn sah die Schickung, kam und rief:
Wach auf mein Kind! der Sturz ist tief
    Und die Gefahr nicht klein ;

Wie leicht geschieht's, du wendest dich
    Und schmetterst dein Gebein :
Dann, liebes Kind, beklagen sich
Die armen Ältern über mich,
    Nur über Mich allein !

———

Die

Die beyden Opferſäckchen.

———

Geziert mit einer Silberſchelle,
Hing einſt im Chor der Hofkapelle
Ein Opferſack im Galakleid,
Und im Gewand der Dürftigkeit
Sein Herr Colleg ihm an der Seite.
Kein Silberſchellchen, kein Geſchmeide
Verſchönte den; ſein ganzer Staat
War ſchwarzer kirchlicher Ornat.

Wie nun auf Erden Stolz und Neid
Sich unter Nachbarn nie vertragen:
So ging's auch hier: die Brüder lagen
Das liebe lange Jahr im Streit;
Denn jener baute Ruhm und Gröſse
Nur auf des Glanzes Herrlichkeit,

Und

Und diefer fchalt in feiner Blöfse
Gut mönchifch über Eitelkeit:
Was fchert mich Silber oder Seide?
Sprach er, an uns find Königspracht
Und Haderlumpen gleichgeacht't;
Denn Herr! im Grunde find wir beide
Zwey — Bettler im verfchiednen Kleide.

Nein! fchrie der Küfter, und bedräute
Den Räfonneur im Spöttertan:
Bey Hofe, dächt' ich, wär' es fchon
Entfchieden: Kleider machen Leute!

———————————

Die

Die Mutter Maus und ihr Sohn.

————

Was du thuſt, geliebtes Kind!

Hüte dich vor allen Dingen

Vor dem Gift, das dich geſchwind

Könnt' um Leib und Leben bringen:

Tauſend Mäuſe ſtarben ſchon

An der mörderiſchen Speiſe;

Nimm dich denn auf deiner Reiſe

Vor dem Gift in Acht, mein Sohn!

Einmal nur in meinem Leben

Roch ich dran: Noch möcht' ich ſchier

Mich vor Ekel übergeben,

So zuwider war es mir.

Einer meiner Anverwandten

Starb vor deiner Zeit daran.

Als wir ihn im Sterben ſahn,

Glau-

Glaube liebes Kind, da kannten
Wir den Armen nicht einmal.
Aufgetrieben zum Entfetzen
Lag er da: Die Todesquaal
Die er litt, ift nicht zu fchätzen.

Alfo ftattet' eine Maus
Ihren Sohn, nebft andern Lehren,
Sonderlich mit Diefer aus,
Eh er, um fich felbft zu nähren,
Seiner Mutter Burg verliefs,
Und, bald wieder heimzukehren,
Ihr mit Hand und Mund verhiefs.

Kaum war er noch eine Stunde
Weg aus feiner Mutter Blick,
Kam er fchon, mit vollem Munde,
Jubelvoll zu ihr zurück:
Mutter, rief er, liebe Mutter!

F 5   O,

O, was hab ich schon entdeckt!

Einen Teller voller Futter,

Das wie Mehl und Zucker schmeckt.

Ach, du warst doch nicht vermessen,

Rief die Alte, gar davon,

Wie es scheinen will, zu essen?

Freylich aß ich! sprach der Sohn.

Himmel! so bist du verloren!

Rief die langerfahrne Maus,

Ihren Sohn umarmend, aus,

Weh mir, daß ich dich gebohren!

Das war Gift . . . .

Ach Mutter, nein!

Fiel der junge Näscher ein;

O, so süß wie Honigkuchen

War es ja — Nun wißt ihr doch

Daß das Gift ganz anders roch?

Kommt, das Mehl nur zu versuchen!

Aber

Aber eho diefs gefchah,
Lag am weichen Mutterherzen,
Aufgefchwellt, mit Todesfchmerzen
Ringend, unfer Mäuschen da —.

———

Lehrer! die ihr euch der Jugend,
Unfrer Welt zum befsten weiht,
Zeiget früh den Reitz der Tugend
Und des Lafters Häfslichkeit;
Doch ihr fehlt, wenn ihr verfchweiget,
Dafs das Lafter im Genufs
Honigfüfs hinunterfchleichet,
Und den Schmerz und Überdrufs
Erft durch den Erfolg erzeuget.

———

Die

Die beiden Äpfel.

———

Es hing einmal an Einem Zweig,
Rothwangig und an Größe gleich,
Ein feines Erftlings - Apfel - Paar,
Wie kaum in Eden eines war.

Doch eh des Gärtners Hand, gefchickt,
Die frifchen Zwillingsbrüder pflückt,
Ward einer faul, und bald nachher
Sein Nachbar auch fo faul wie er.

Als dies der kluge Gärtner fah,
Sprach er zum Sohne: Siehe da
Mein liebes Kind, und lerne dran:
Nichts fteckt fo leicht als Faulheit an!

———

Schmid

Schmid Matz und sein Spitz.

—————

Vor Meister Matzens Feuerstätte
Lag Spitz, sein Hofhund, an der Kette,
Dem man, von des Gehämmers Laut
Betäubt, des Haufes Huth vertraut.

Allein, verfenkt in füfsen Schlummer,
Lag Spitz, von keiner Macht erweckt,
Vor feinem Hüttenloch, mit dummer
Behaglichkeit aufs Ohr geftreckt.

Ein Bettler, der fich auf die Schnitte
Des Junkers Käfebier verftand,
Kam eben vor die Thür, und fand
Kein offnes Ohr für feine Bitte.
Huj, dachte der verwegne Hacht,

Hier

Hier ift die Lofung: Eile beute!

Das Bubenftück war kaum gedacht,

So war es auch ins Werk gebracht,

Und ehe Spitz vom Traum erwacht,

Schlich fchon der Böfewicht, voll Freude,

Sich mit dem leichtverdienten Lohn

Des feilen Wageftücks davon.

Itzt ward der Feuergötter Pochen

Vom füfser tönenden Gefchell

Der Abendglocke unterbrochen,

Sieh, da kam Spitz, der Wächter, fchnell

Aus feiner Hütte vorgekrochen.

Hyänenhungrig lief und fprang

Er nun, beym erften Tellerklang,

Umher mit cerberifchem Bellen,

Zog marrend an der Kette, fchwang

Und rüttelte des Halsbands Schellen.

Zum

Zum Unglück hatte Meister Matz
Gerade den geraubten Schatz
Im Schrank vermißt, und lief mit Wüthen
Auf Spitzen, der das Haus zu hüthen
Vergessen hatte, fluchend zu:
Kusch! rief er aus, du Fresser dn,
Erwachst sogleich aus deiner Ruh,
Beym ersten dumpfen Klang der Schüssel;
Beym Hammerdonner schläfst du ein,
Und läfst dem Diebsgesindel sein
Zu meinen Batzen freye Schlüssel?
Geduld! schon weifs ich, was dir fehlt:
Ein Dutzend Hiebe statt dem Fressen!
Und diese wurden, wohlgezählt,
Dem Siebenschläfer vorgemessen.

—————

Wie

Wie mancher Quietiſt verſchlief
Sein Lebensziel, wär' ihm gegeben,
Vom Schlafe wie vom Brot zu leben;
Allein, der Welt zur Plage, rief
Ihn aus dem Schlummer jederzeit
Kaffeedurſt und Gefräſsigkeit.

Der

Der Rangſtreit.

———

Die Ofenzunft gerieth vorzeiten,

Erzählet uns ein Fabuliſt,

Ums Punctum aller Kleinigkeiten,

Um Rang, um bloſsen Rang in Zwiſt.

Obs wahr, obs auch nur möglich iſt,

Das hat, wie jeder ſelbſt ermiſst,

Ein Fabuliſt nicht zu entſcheiden:

Genug! die Öfen ſollen ſtreiten.

Doch wie ſie ſtritten, laſſen wir

Der Kürze wegen unentſchieden,

Und ſind, auf Treu und Glauben, hier

Mit der Verſichrung ſchon zufrieden:

Sie gründeten den ganzen Streit,

In den ſie lächerlich geriethen,

Bloſs auf den Grad der Nutzbarkeit.

G　　　　　　　Ah

Ah Poffen! lauter Nullitäten!

Von nichts als Nutzbarkeit zu reden!

Hob ganz zuletzt das Öfelein

Des Alchymiften an zu fchreyn:

Ich geb euch allen keinen Scherben

Für eure ganze Nutzbarkeit;

Die ift fürwahr zu unfrer Zeit

Kein Mittel, Ehre zu erwerben.

Diefs zu beweifen, fehet ihr

Mich felbft vor euern Augen hier;

Denn meiner wird von Alchymiften

Noch immer ehrenvoll gedacht,

Obgleich mein Amt, feit Trismegiften,

Nicht Einen reich, und Taufend arm ge-

macht.

Der

Der junge Goldwolf.

Einst fand auf einer Streifferey
Ein junger Goldwolf eine Beute.
Sein lärmendes Uhah - Geschrey,
Zog von der Näh' und von der Weite
Bald seine Brüder all' herbey:
„ Da Brüder seht ! "

        Was hilft uns sehen?
Verfetzten die — Dem Auge nicht,
Dem Magen mangelt ein Gericht,
Und raps! war's um den Fund geschehen.

Ist dir ein Glück, o Freund, beschert:
So schweige! Die Erfahrung lehrt
Wie leis das Ohr des Neiders hört;
Leicht bist du sonst darum bethört,
Zum mind'sten im Besitz gestört.

———————

Hirt

Hirt Mycon und Jupiter.

————

Hirt Mycon, dem fein Feind, Menalk,
  Die fchönften Kühe raubte,
Ergriff auf frifcher That den Schalk,
  Als er fich ficher glaubte.

Die beften Stücke fehlten fchon
  Der buntgefleckten Heerde:
Da brachte Mycon vor den Thron
  Der Götter die Befchwerde.

Das leugft du, zürnte Jupiter,
  Das leugft du dir zur Schande!
So fromm, wie der Arcadier
  Ift keiner mehr im Lande.

Wo iſt der Hirt, der unſern Ruhm
   Erhabener beſinget,
Und öfter vor das Heiligthum
   Der Götter, Opfer bringet?

Ja, ſprach der Hirt, erſt ſtiehlt er mir
   Die trächtge Kuh vom Hauffen,
Und opfert dann ihr Kälbchen dir,
   Die Strafen abzukaufen.

Der

Der Menſch und die Schwalbe.

Die Schwalbe kam, von leichter Luft
getragen,
Zum Throne Jupiters und ſprach:
O Schöpfer höre meine Klagen!
Nun eil' ich ſchon, mit leerem Magen,
Den ganzen lieben langen Tag
Den fliegenden Inſecten nach,
Und weiſs doch kaum die Nothdurft zu
erjagen.
Unnütze Dinge ſchufſt du ja,
Getreid, Gemüſs und Obſt im Überfluſſe:
Nur ach! für mich zum Wohlgenuſſe
Sind viel zu wenig Fliegen da,
Und dennoch ſeh ich meinesgleichen
Viel Tauſende die Luft durchſtreichen,
Und ſo — wie kann es anders ſeyn? —

Reiſt

Reiſst Nahrungsneid und Mangel ein.

Ach Gott! daſs doch in allen Ähren,

Statt der Geſäme, Fliegen wären!

   Der Herrſcher winkt — Ihm unterthan,

Sah man, auf ſein gebietend Winken,

Den Menſchen ſeinem Throne nahn

Und auf die Stufen niederſinken.

Des Vogels dreiſter Wunſch, ward itzt

Ihm kund gethan — und ganz erhitzt

Sprang er empor: Hilf Gott in Gnaden!

Laſs ferner unſre ſchönen Saaten,

Und Kraut und Obſt und ſüſsen Wein,

Nur Ungeziefer nicht, gedeihn!

O daſs auf Erden lauter Ähren

Statt der verdammten Fliegen wären!

Wie würd' die Welt, die du allein

Für Menſchen ſchufſt, ſo glücklich ſeyn!

                              Hier

Hier zürnt' der Donnerer, und hielt

Den Blitz auf ihn gezückt — Es zielt

Sein Adler auf die Schwalbe nieder;

Doch Jupiter entfchlofs fich wieder

Den Unzufriednen zu verzeihn,

Und grofs durch Lindigkeit zu feyn.

Wer fchuf die Welt, ihr ftolze Neider!

Sprach er, für Ein Gefchöpf allein?

Vom Menfchen fchuf ich, bis zum Stein,

Die ftufenreiche Schöpfungsleiter,

Und über jede Stufe wacht

Das Aug der Vorficht ewig heiter;

An Eine Staffel diefer Leiter

Hat nie ein Gott Allein gedacht.

Die Katze und die Nachteule.

———

Als einst um Jagdgerechtigkeiten
Die Katz und Eule sich entzweyten,
Da schalt, wir wissen nicht warum,
Das Katzenvieh die Eule dumm.

Was? knackte diese wie besessen,
Was? dumm? Ich dumm? O wie vermessen!
Verwegnes Aas entferne dich!
Hat nicht die Feindinn aller Thoren,
Die weise Pallas selbsten, mich
Zu ihrer Lieblinginn erkohren?

Ha, stolze Philosophinn! schrie
Die Katz, hat deine Weisheit keinen
Beleg als den, dann, sollt' ich meynen,
Ständ's gar erbärmlich schlecht um sie.

———

Daſs

Daſs dich, o Stax, ein Fürſt, ein König

Zum Günſtling auserſah, beweist

Nichts für dein Herz; für deinen Geiſt

Im höchſten Fall der Noth nur wenig.

———————

Der

Der frevelnde Freygeiſt.

Verdrüſslich über ſein Geſchick,
Spie einſt ein Narr gen Himmel auf;
Der Speichel aber fiel zurück,
Und fiel ihm auf die Naſe drauf.

Der du ſo lächerlich und klein
Der Vorſicht trotzeſt, Erdenſohn!
Beſpiegle dich, und mache fein
Auf dich die Application.

Fabeln.

Viertes Buch.

Fabeln.

Viertes Buch.

Der Giefsbach und der Hehrſtrom.

Wohin ſo eilig? wohin? Laſs uns einmal
ruhen, lieber Bruder! — liſpelt' ein Giefsbach dem Hehrſtrome zu ; ſtemmte ſich in
einer kleinen Vertiefung, und harrte ge-
laſſen auf neuen Zufluſs.

Nein , Brüderchen ! brauſst' ihm der
Hehrſtrom entgegen , und ſtürzte ſich, ſeine Geſchwindigkeit zu verdoppeln, über einen

nen Abfall. Nur der Giefsbach , der bald
oder fpät doch in einer Pfütze verfiegt ,
kann raften fo oft es ihm beliebt ; Den
Strom reifst ein unaufhaltfamer Drang in
das Meer.

———

Drang - und kraftlofe Köpfe! ruht fo
oft ihr wollt und vertrocknet wo ihr müfst:
Das Meer der Wiffenfchaften erreichet ihr
doch nicht !

———

Die

Die Sonnenblume
und das Aurickelchen.

———

Was fehlt dir, armes Blümchen, dafs du
fo hinwelkft? fragte die Sonnenblume vom
hohen Stängel herab, ein verfpätetes Auri-
ckelchen.

Ach, die warme Sonne fehlt mir! —
verfetzte das Blümchen.

Was? haft du mich nicht nahe genug?
rief die ftolze Sonnennachahmerinn.

Dich hab ich wohl, war die Antwort;
aber leider nur dich, ein unvollkommenes
Bild ihrer fcheinbaren Geftalt, und nichts
von ihrer erwärmenden Kraft.

———

H   **A.**

A. Könnten fie mir nicht Meifsner's Skizzen verfchaffen?

B. Diefe wohl nicht; aber haben fie meine Skiagraphien nicht gelefen? Sie find ganz in Meifsner's Gefchmack.

A. (Für fich.) Scheinbar in Meifsner's Worten, nur ohne feinen Geift —.

Der

Der Schatten und der Wanderer.

Hah! wie ich den Stolzen verunftaltet habe, der mir immer im Lichte fteht! jubelte der Morgenfchatten, indem er einen wohlgebildeten Wanderer in monftröfer Karrikatur über das Blachfeld ftreckte.

Einige Stunden ergetzte fich alfo das fchwache Phantom an feinem glücklichen Streich, als es auf einmal den Unbeftand feines Unternehmens bemerkte. Die Sonne näherte fich allmählig dem Scheitelpunkt, und der Schatten lag zu den Füffen des Wandrers.

Thor! fagte nun diefer, du fuchteft vergebens Mir ein Unbild zuzufügen; nur Du wurdeft zum Scheufal und büffeft unter meinen Füffen für deine Bofsheit.

Der

Der Fuchs und der Biber.

———

Reinike, der einem Biber begegnete, lobte nach Hofmanier deſſen ſanftwolligen Pelz. Nur Schade! ſprach er, daſs ein ſo zartes Thier einen ſo rauhſchuppigen Schwanz führt. Sieh, wie ſanft und baumelnd der meinige nachwallt!

Aber haſt du mit dem deinigen auch ein Haus gebaut? fragte der Kaſtor.

———

Das atlaſsne Patſchchen! Aber wie ſteht es mit der Arbeit?

———

Der

Der Widehopf und der Kronvogel.

———

Guten Morgen Bruder! rief ein bürgerlicher Widehopf dem königlichen Kronvogel durchs Gitter einer Menagerie zu.

Wüſste nichts von einem Bruder deiner Gröſse und deines Geruchs — erwiederte dieſer.

———

Wir Dichter . . . ſprach ein dünkelvoller Reimer, von ſich und Wieland.

Wir Kronvögel . . . fliſterte ein Spötter, und erzählte die Fabel.

———

Die

Die Bienenökonomie.

———

Einst führte ein Bienenfreund einen feiner Lieblingswiffenfchaft Unkundigen vor
feine Stöcke. Die weife Sparfamkeit der
kleinen Kö.bebewohner; die Eintracht der-
felben und Anhänglichkeit an ihre Königinn; ihre treffllichen Erziehungsanftalten
u. f. w. wufste er unaufhörlich als Mufter
für die menfchliche Gefellfchaft zu empfeh-
len.

Sagen fie mir doch, unterbrach ihn der
aufmerkfame Fremdling, wie nennt man
diefe gröfsern Bienen hier, die von den
kleinern fo feindlich verfolgt werden?

Drohnen, verfetzte der Kenner; Thierchen ohne giftigen Stachel, denen vorzüg-
                                    lich,

lich, wie man glaubt, die Erziehung der Jungen vertraut ift.

Ohne giftigen Stachel? Nicht übel für Pädagogen! fiel ihm der Beobachter ins Wort; Aber warum werden fie nun hülf-los aus dem Familienhaufe vertrieben?

Weil ihre Eleven erzogen, und ihre Erzieher unvermögend find ihnen ferner zu nützen — erwiederte der Kenner.

O Bienenzucht! rief itzt der Fremd-ling: Haft du doch auch etwas von Men-fchen gelernt, die von Dir lernen follen!

———————

Der

Der Kornak und sein Elefant.

——————

Ein Kornak zu Hindostan hatte das Unglück, von seinem Elefanten, den er öfters
zu necken pflegte, gewaltig gerüttelt und
zur Erde geschleudert zu werden. Kaum
hatte er sich vom Schrecken erhohlt und
seine Kräfte wieder gesammelt, als er, den
Vorfall zu berichten, zu seinem Herrn lief,
und um nichts geringeres bath, als um Ab-
schaffung eines so furchtbaren Thieres.

Unvorsichtiger! erwiederte der Nabob:
Wer viel nützen kann, muſs auch viel schaden können, und Heil ihm ! wenn er nur
dann will, wenn er gereitzt wird.

——————

Weiser , edler Indier! Heil auch Dir
und deiner Politik!

Der

Der Taxus und die Baumfcheere.

———

Freut euch Brüder! Die Platten der Baum-
fcheere find uneins; werden im Streite fich
felbft aufreiben und uns der natürlichen
Freyheit überlaffen! — rief ein junger,
noch nie befchorener Taxus, feinen zu Py-
ramiden und Kegeln verfchnittenen Brüdern
zu, als er von Ferne bemerkte, wie in der
Hand des Gärtners die Scheerplatten fich
fchlugen.

Thörichte Hoffnung! verfetzten die ver-
fuchtern Brüder des voreiligen Taxus: Stäh-
lerne Feinde reiben zwar alles was zwifchen
fie kommt ; aber nur felten fich felbft auf.

———

*Quidquid delirant Reges , plectuntur
Achivi !*

———

H 5 *Der*

Der Esel und die Kropfgans.

———

Durch lautes Geschrey die Ohren ermü-
dend , ging Meister Langohr am Ufer des
Meeres. Ihn hörte die Kropfgans , und
ahmte behend des Schreyers Musik nach.

O knechtisches Nachahmervieh! Schänd-
liche Nebenbuhlerinn meines Ruhmes! rief
itzt unaufhörlich der Esel.

Schweig ! unterbrach ihn endlich ein
zürnender Bootsknecht, dein Geplärr bringt
nicht nur dem Nachahmer Schande , son-
dern auch Dir , dem Erfinder !

———

Aha ! Kraftgenies, Nachahmer und Recensenten !

———

Der

Der Sperling und die Schwalbe.

———

Die friedfame Schwalbe hatte ruhig den kalten, nahrlofen Winter durchfchlafen, und kam nun, von der allbelebenden Sonne des Lenzes erweckt, zur Wohnung ihres gaftfreundlichen Wirthes zurück. Noch hing unter dem Schirmbrette des Firftes ihr Neftchen; ein räubrifcher Sperling aber bemächtigte fich ihres durch Fleifs erworbenen Eigenthums, und befetzte es mit feiner verderblichen Brut. Zu fchwach, mit dem Stärkern zu rechten, baute das Schwälbchen gelafsen eine neue Wohnftatt, und deckte, nach kurzer Zeit, fünf Kinder mit wärmenden Flügeln. Gleichviel junge Schreyer waren indefs im Nefte des Sper-

lings

lings zum Abflug reifefertig ; als die Kinder des Hauswirths auf einer Leiter das Schirmbrett beftiegen , und die Sperlingszucht hafchten und würgten.

Merkt Kinderlein ! fprach itzt die fromme Schwalbe zu ihren noch unbefiederten Kleinen , merkt euch das Sprichwort :

Unrechtes Gut kommt felten auf den dritten Erben.

Der

Der Gemsensteiger.

———

Auf hohen Alpenklippen hatte sich einst ein Gemsenjäger verstiegen, und hing über dem furchtbarsten Abgrund am Fußstahl. Nur eingeklammert und fest gehalten! rief ihm von Ferne sein Freund zu, daß ich Zeit gewinne, vielleicht dich zu retten.

Vielleicht nur? antwortete dieser. Wie aber, wenn meine Kräfte mich eher verliefsen als deine Hülfe mir beyspränge? oder wie dann, wenn du diese vergeblich versuchtest, und ich, zu kraftlos noch selbst etwas für meine Rettung zu wagen, dennoch hinabfiel? Nein, fuhr er fort, am kühnen Sprung nur hängt Leben und Tod!

Er

Er sprang und stürzte , verfehlend das
Ziel , in den Abgrund hinunter.

———————

Ach , daſs er die tollkühnen Schritte
gewagt! ruft mancher Novellenleſer, wenn
einem trenckiſchen Geiſt Verſuche miſslin-
gen , bey deren Erzählung ihm ſchwindelt;
aber zwey Vielleicht kämpften in der See-
le des Helden !

———————

Der

Der Magnet.

———

Ein Magnet war überdrüfsig die Eifenlaft ferner zu tragen , mit der er befchwert war ; liefs daher eigenmächtig fie fallen , und ermahnte den benachbarten Bruder ein gleiches zu thun. Gewifs, fprach er, würden wir eine dreyfache Laft heben , wenn uns nicht die immerwährende Anftrengung gänzlich erfchöpfte.

Noch erfchöpft fie mich nicht, entgegnete diefer, und unzeitige Ruhe möchte mich leichter entkräften als ftärken

Lange nach diefem Gefpräche befuchte der Hausherr das Zimmer; hob das Eifen- ge-

gewicht auf und hängte es wieder an die Be-
wafnung. Aber zwölfmal verfuchte er's,
und zwölfmal fiel die Belaftung wieder herunter , bis endlich der träge Magnet mit
Mühe das wieder zu tragen vermochte ,
was ihm ehmals ein Spiel war.

———

Merkt es ihr Faulen ! Müfsiggang
fchwächet die Kräfte , und Übung ftärkt
fie zur Arbeit.

Sinngedichte.

1

Sinngedichte.

Väterliche Strafpredigt.

Dafs einſt Samarien, zur Zeit der Hun-
gersnoth,
Für einen Eſelskopf bey zwanzig Thaler
both,
Iſt was man heute noch bewundert:
Mich hat, da Brot und Fleiſch und Moſt
Spottwohlfeil war, der Deine hundert
Und zwanzigmal ſo viel gekoſt't,
Und taugt nun, was der gröſste Schaden,
Zum ſieden nicht, und nicht zum braten.

Der

Der genügsame Würzkrämer.

D̄ie Herrn Gelehrten aber sind,
Verglichen gegen unser einen,
Doch wahrlich krittlich wie ein Kind;
Da taugt bald diefs bald jenes Buch
Nicht recht in ihren Kram: in Meinen
Ist jedes gut genug.

Auf Neran.

Nach dem Aufonius.

Als Philolog dich zu erweisen
  Schafft du Fabrizens Schriften an.
  Kauf eine Flöte, Freund Neran,
Um auch ein Flötenist zu heissen!

Der

Der neue Schriftsteller und sein Freund.

———

S. Das alte Röckchen ist zerfetzt,
Und, meine Blöse nur zu decken,
Seh ich mich in die Noth versetzt
Ein kleines Büchlein auszuhecken.

F. Da thust du recht! nun kleiden dich
Die Recensenten sicherlich.

———

Der Franziskaner und der Ketzer.

———

Ei, warum aber haltet ihr
Denn nicht auch Umgang, so wie wir?
Sprach einst ein Pater Franziskaner
Zu einem armen Lutheraner.

Ach Herr! wir gehen eben, sprach
Der Ketzer, gern der Nähe nach.

———

I 3 *Auf*

Auf Kempelens Sprächmaschine.

Durch die berufne Puppe spricht
Ein Mensch, und die Maschine nicht —
Versichern uns die Recensenten.
So glich ja das Automatum
Gar manchem Rathscollegium,
Und der, der spricht, dem Consulenten?

Der Hutkauf.

Der Kopf ist viel zu eng für meinen Schädel,
sprach
Zum Huter Filz ein Haupt der schönen
Geister.

Ei, das thut nichts, versetzt der Meister;
Der G'scheidtste gibt schon nach!

Auf

Auf den Edlen von N. N.
Nach Taubmann.

———

Daſs jüngſt den räuberiſchen Hacht
Der Hof zum *Edlen* Herrn *gemacht*,
Iſt eine allbekannte Mähr;
Doch daſs ers *ungemacht* auch wär,
Das glaubt der feile Böſewicht
Ganz zuverläſsig ſelber nicht.

———

Auf den Tod eines armen Invaliden.

———

Der Schwert - und Kugelwunden
Die rauhe Bruſt entgegenboth,
Hat ſeinen Meiſter ſunden
An ſeines Königs — Gnadenbrot.

———

Grab-

Grabschrift
auf einen Landesvater.

———

Hier, Wandrer, schläft bey seinen Ahnen
Ein Vater vieler Unterthanen;
Und gleichwohl, o Bescheidenheit!
Durft' der Magister nie es wagen,
Ins Taufregister, lang und breit,
Als Herrn Papa ihn einzutragen:
Ja, lebt' er noch zu dieser Zeit,
Sogar der Stein dürft' es nicht sagen:
O rühmliche Bescheidenheit!

———

Un-

Unfer Herr Vicar.

———

Bauerngefpräch.

———

Kunz.

Dafs aber unfer Herr Vicar
Recht tröftlich predigt , das ift wahr !
Da fchluchzt und weint dir alles laut.
Du glaubft nicht Hinz , wie das erbaut —

Hinz.

Da haft du Kunz das falfche Licht ;
Denn deine Nachbarn weinen nicht
Vor Freude : nein ! vor Herzeleid ,
Ihr Herr Vicar möcht mit der Zeit
Noch gar ihr Pfarrer werden.

———

I 5   *Der*

Der Narrenfeind.
Nach dem Englischen.

———

Weiſs Gott! ich kann und mag nicht mehr
Die Welt mit ihren Narren ſehn ,
Sprach Misanthrop, mir fällt es ſchwer
Aus meinem Zimmer nur zu gehn.

Ach Brüderchen! verſetzt ſein Freund,
Das war ſo ernſtlich nicht gemeint ;
Sonſt hing dein Spiegel ſicher nicht
Dir täglich vor dem Angeſicht.

————————

Unter Fanny's Bild.
Nach dem Auſonius.

———

Das wäre Fanny's Nachbild ? wie ?
So ſtumm und engelſchön! o nein :
Juſt umgewandt : Sie muſs Kopie
Und Urbild das Gemälde ſeyn !

————————

Auf

Auf manchen Philologen.
Nach dem Martial.

———

Weislich schenkt er seine Gunst,
Neue scheltend, nur den Alten,
Will verstorbner Dichter Kunst
Bloſs allein in Ehren halten;
Aber, o der arme Wicht!
Meint er denn, ich werde sterben,
Um für das, was ich gedicht't,
Seinen Beyfall zu erwerben?

———

Der fromme Gernschläfer am Tho-
mastag.

———

Punct mit dem Vesperglockenschlage
Schon faul aufs weiche Bett gestürzt,
Rief Mucker Thill: o welch ein Segen,
Daſs Gott der Auserwählten wegen
Die Tage wiederum verkürzt!

Wohl-

Wohlangebrachtes Compliment.

Filz, der am eignen Tifch, kaum Zeifigs-

futter afs ,

Doch wie ein Wolf an fremden Tafeln frafs ,

Kam einft bey einem Freund zum Schmauffe.

Der Wirth bemerkt' den wohlbemagten Gaft;

Herr Bruder, rief er aus , du haft

Die Güt' und thuft als wie zu Haufe !

Grabfchrift
auf einen kargen Gaftwirth.

Hier liegt der Gaftwirth Knaus, ein Dieb,

Der ftets mit Doppelkreide fchrieb ,

Und härmt fich innigft um den Schaden ,

Dafs er im Grabe nicht den Maden ,

Wie er den Gäften fonft gethan ,

Die Zeche doppelt machen kann.

Der

Der Roſskauf.
Fragment eines Geſprächs.

———

— — — — — — das Pferd
Iſts wahrlich unter Brüdern werth!
Zahm wie ein Lamm, Trotz ihrem alten
Haarſchlecht'gen Gaul, und raſch im Lauf:
Mein Seel! gen Himmel ritt ich drauf...
„ Ei, ei! das ſollt' Er ſelbſt behalten. "

———

Sokrates.

———

Dem frömſten Ketzer hieſs Athen
Das Gift zum Martertod bereiten:
Das lieſs ſo leicht in unſern Zeiten
Kein Conſiſtorium geſchehn,
Damit er nur, von ſeiner Bürde
Xantippe, nicht geſchieden würde.

———

Der

Der Kanzelredner.

———

„Nun fließt schon eine ganze Stunde
Die Red' wie Waſſer ihm vom Munde! "

Ja wohl! Nach jeder Eigenſchaft
Wie Waſſer: Über ſand'gem Grunde,
Geſchmacklos, kalt und ohne Kraft.

———

Auf eine häſsliche Schöne.
Nach der griechiſchen Anthol.

———

Narciſs erblickte ſein Geſicht
Im Quell, und ſtarb vor Eigenliebe:
Dich nun verzehrte ſicher nicht
Die Flamme gleichverliebter Triebe;
Doch das Entſetzen, dich zu ſehn,
Das würdeſt du kaum überſtehn.

———

Das

Das ruhige Gewiſſen.

Mein Gewiſſen beiſst mich nicht —
Sagte jüngſt der Wuchrer Heinz
Dem Betrognen ins Geſicht:
Ja, das glaub' ich, Böſewicht!
Sprach ſein Schuldner; haſt ja keins —

Karl und Lottchen.

K. Ei Lottchen, pfuj! das ſollt' Mama
    Nur wieder ſehen müſſen:
    Den jungen Seidenpudel da
    Schon wieder abzuküſſen!

L. Still, kleiner Junker Plappermund!
    Du küſs'ſt ja gar das Fellchen
    Von jedem abgebalgten Hund
    Als Handſchuh bey Mamſellchen.

Die

Die Levitentracht.

Potz Stern! Die Damen in Leviten!
Ein Schild der Böses prophezeiht:
O werdet durch Barmherzigkeit,
An uns ftatt deffen Samariten!

Opfer und Barmherzigkeit.

„ Geht hin und lernet diefs vor allen:
Ich habe an Barmherzigkeit .
Und nicht an Opfern Wohlgefallen. "
Das lernt man, fagte Nachbar Veit,
Fürwahr aus keinem Amtsbefcheid.

Was

Was groſs und was klein iſt.

In glücklichen Tagen zufrieden zu ſeyn,
Die Kunſt, ihr glückliche Menſchen, iſt
klein;
Groſs aber, im Leid ſich vor Unmuth zu
ſchützen;
Noch gröſser, das Glück mit Weisheit zu
nützen.

Vom Überfluſſe freygebig zu ſeyn,
Die Kunſt, ihr begüterte Geber, iſt klein;
Groſs aber, vom eignen Bedürfniſs zu
reichen;
Noch gröſser als dieſes, den Geber ver-
ſchweigen.

K   *Die*

Die Brustverkältung.

Gefühllos trat der Pastor Friß
Vor Veitens Sterbebett, und riß
Das Kamisol sich auf vor Hitze.

I! rief der Kranke wundernd aus,
Was gucket hier denn, alle Blitze!
Herr Pfarr aus seinem Wamms heraus?

Das ist ein Kissen, Nachbar Veit!
Thät ihm der dicke Priester sagen;
Bey meiner Brust Empfindlichkeit
Darf ich Verkältung gar nicht wagen.

Ei lieber Gott! und doch sein Herz,
Sprach Nachbar Veit, kann ohne Schmerz,
Jahr aus, Jahr ein, die Kält vertragen!

Kin-

Kinder und Narren reden die Wahrheit.

Nach Owen.

Die Narren fchenken ohne Scheu,
  Sagt man, die reine Wahrheit ein:
So mufs die Wahrheit, meiner Treu!
  In Deutfchland *) Narrheit feyn.

Auf einen fchlechtdenkenden Kahlkopf.

Nach Owen.

Die Zeit hat mählig Zopf und Schopf
  Vom Schädel dir geraubt:
Was haft du weiter nun, o Tropf,
  Noch zu verlieren? was? — Das Haupt!

K 2   Le-

*) in England — fagt Owen; denn auch
die Britten haben das Sprichwort.

Leben und Tod.
'Nach Owen.

Wie die Flüffe weit und breit
Sich ins Meer ergiefsen,
 Sehn wir unfre Lebenszeit
Hin zum Tode fliefsen:

 Trotz fo mancher Erdennoth,
Fliefst das Leben füfse;
 Bitter aber wirds im Tod,
Wie im Meer die Flüffe.

Recht und Gerechtigkeit.
Nach Owen.

Auf dem Wege Rechtens gehen
 Der Betrogenen fo viel:
Näher und bequemer führte
 Die Gerechtigkeit zum Ziel.

Apo-

Apologie des Glücks.

Nach Owen.

———

Die Vorsicht, die uns alle liebt,
Sucht ihre Güter auszugleichen,
Indem sie Furcht dem Reichen,
Dem Armen Hoffnung gibt.

———

Wirkungen des Lobs.

Nach Owen.

———

Durch das Loben macht man immer
Gute befser, Böse fchlimmer,
Kluge weifer, Narren dümmer.

———

K 3 *Schat-*

Schatten und Freunde.
Nach Owen.

So lang die Sonne glänzend scheint,
Folgt dir dein Schatten im Geleite:
So lang dein Glück es redlich meynt,
Sind hundert Freunde dir zur Seite ;
Hüllt aber , wie den Sonnenschein ,
Ein Wölkchen deine Wohlfahrt ein ,
Wo werden dann die Freunde seyn ?

Hörner und Hörnerträger.
Nach Owen.

Weicht die Frau von ihrer Pflicht ,
Warum soll , wer kann mirs sagen ?
Just der arme Mann, und nicht
Sie die Hörner selber tragen ?

Weil , wie jeder leicht ermißt ,
Er das Haupt des Weibes ist.

Vom

Vom Regen in die Traufe.
Nach Owen.

Das Clienten - Völkchen klagt

Jeden Streit dem Advocaten ,

Und , vom kleinften Wurm genagt ,

Flehn zum Arzt die Gernmaladen ,

Um vom Regen , wie man fagt ,

In die Traufe zu gerathen.

An die Göttinn Glück.
Nach Owen.

Wer du auch bift , gefuchtes Glück .!

Mit Recht wirft du ein Weib genannt :

Der, blöde Schäfer , wie bekannt ,

Trägt einen Korb von dir zurück ,

Dem Dreiften beutft du felbft die Hand.

Propheten und Poeten.
Nach Owen.

———

Vom Geſchick der Folgezeit
Sprechen Wahrheit die Propheten,
Und auf die Vergangenheit
Lügen die ——— Poeten.

———

In-

Inhalt.

Der

Fabeln

Erſtes Buch.

K 5   Der

Der

Fabeln

Zweytes Buch.

Der

Der

Fabeln

Drittes Buch.

Der

156　　　I n h a l t.

Der
ʼ F a b e l n
Viertes Buch.

Sinn-

Sinngedichte.

———

Der

Pränumeranten
Verzeichnifs.

Altdorf.

Herr Profeffor Phil. König.

—— *Profeffor d. R. D.* Siebenkees.

Anſpach.

Ihre Hochf. Durchlaucht, die regierende Frau Markgräfinn Friederika Carolina zu Brandenburg Anſpach und Bayreuth.

Fräulein von Altenſtein.

Demoif. Lifette Brand.

Herr M. Degen, *Lehrer am Karl-Alexandr.*

—— *Johann Ludwig* Degen.

—— *Kammerh. und Huf. Rittm. Freyh. von* Dieskau.

—— *Kammerjunker und Huf. Lieut. Freyh. von* Dieskau.

—— *Baron Friederich von* Dobeneck.

Frau von Fitzgerald.

—— *Ober-Hofmarfchallinn von* Forſtner.

Herr Baron G. F. von Forſtner.

Frau Obriſt-Falkenmeiſterinn von Freudenberg *2 Exemplare.*

Herr Conrector Glandorff.

—— *Regierungs R. Dr.* Hänlein.

—— *Prozefs Rath* Hoffmann.

Herr

Herr Hofmeister Köhler, 4 *Exempl.*
—— *Landgerichts - Kanzlist* Köppel.
Fräulein von Noftiz.
Frau Obriftinn von Reizenftein.
Demoiselle Friederike R——n.
Fräulein von Schilling.
Herr Jagd - Secretär Schmid.
—— *Prozeß - Rath* Schnizlein.
—— *Expeditions - Rath* Seefried.
—— *Gymnafiaft G. L.* Supf.
Eine gel. Unbekannte.
Herr Landgerichts - Affeffor Uz.
Frau Geheime - Räthinn von Wechmar.
—— *Präfidentinn von* Wöllwarth, 2 *Exempl.*
Herr Geh. Reg. R. und Sain u. Wittg. Prä-
 fident Freyh. von Wöllwarth.
Zwey Ungenannte.

Archshofen.

Herr Pfarrer und Mag. Brotbeck.

Affenheim.

Herr Erbgraf von Solms - Affenheim, 3 *Ex.*

Augsburg.

Herr Affeffor Gottfried von Amman.
—— *Chriftian Ludewig von* Göriz.
—— *Sebaftian Andr. Balth. von* Höfslin.
Fräulein Juftina Rofina von Scheidlin.
Fräulein Louife Charlotte Friederike Baronne
 von Schnurbein.

L *Herr*

Herr Marcus Jacob Baron von Schnurbein.

—— *Carl Friederich* Schnizlein.

Badenheim i. d. Pfalz.

Herr Isaak Maus, *Bauersmann, 3 Exempl.*

Bamberg.

Herr Candidat Gönner.

—— *Archivar* Schindler.

—— *Stadt - Rath und Apotheker* Sippel, *3 Exempl.*

—— *Candidat* Wäbel.

—— *Ingroffist* Zenck.

Bayendorf bey Magdeb.

Herr Pfarrer Heinr. Gottl. Zerrenner.

Bayersdorf.

Herr Baumgärtner , *k. Pr. Kriegs- u. F. Ansp. Kammer - Rath.*

—— *Prozess - Rath* Bulla.

Bayreuth.

Herr Prozess - R. und Hofg. Aff. Pfeifer.

Bergtheim.

Herr Pfarrer Barchewiz.

Bingen im Rheingau.

Herr Amtmann Strecker.

Bonn.

Herr Kammerherr von Dallwigk.

—— *Obriststallmeister und Deutsch - Ordens- Minister von* Forstmeister.

Herr

Herr Obrift - Lieutenant von Forftmeifter.
—— *Kammerh. von* Frentz *zu Schlenderback.*
Fräulein Nanette von Gruber.
Herr Hofrath von Gruber, *3 Exempl.*
—— *Kammerherr von* Lohaufsen.
—— *von* Maftiaux.
—— *Geheimer - Secretär* Polzer.
Demoifelle Vinolio.
Herr Domherr von Weichs *zu Rösberg.*

Buchbronn.
Herr Pfarrer Lampert.

Burgbernheim.
Herr Amtmann Örtel.

Camberg.
Demoifelle Beate Straufs.

Caftell.
Albr. Friedrich Carl, Reichsgraf und Herr zu Caftell - Remlingen.

C. F. Reichsgraf und Herr zu Caftell- Remlingen.

Herr Hofprediger Bauer.
—— *Rath und Amtmann* Friedlein.
—— *Hof - Caplan* Hahn.
—— *Hofrath* Zwanziger.

Coburg.
Se. Herzogl. Durchlaucht, der Prinz Conftantin Franz zu Sachfen - Coburg und Saalfeld, *kön. kaif. General-Lieutenant.*

Frau

Creglingen.

Frau Geheime - Räthinn von Pöllnitz.
Herr Caplan Straufs.
—— *Hofmeifter Fr. Lud.* Walther.

Dottenheim.

Herr Pfarrer Reichold.

Eichloch in der Pfalz.

Herr Pfarrer Wehfarg.

Erlang.

Herr Bauer, *d. Gg. B. a. d. Anfp.*
—— *Profeffor* Bayer.
—— Bezold, *d. R. B. aus Heilbr.*
—— Böhmer, *d. Gg. B. aus Bayreuth.*
—— Boos, *d. Gg. B. a. d. Anfp.*
—— *Doftor* Büttner.
—— Degen, *d. Gg. B. a. d. Bayreuth.*
—— Gärtner, *d. R. B. a. d. Anfp.*
—— Goller, *d. Gg. B. a. d. Ritterfch. 2 Ex.*
—— Gotfchel, *d. Gg. B. a. d. Bayreuth.*
—— Horn, *d. Gg. B. a. d. Anfp.*
—— Hörner, *d. Gg. B. aus Schwaben.*
—— Klett, *d. Gg. B. a. d. Anfp.*
—— Kochendörfer, *d. Gg. B. aus Schw. H.*
—— Lindner, *d. Gg. B. a. d. Anfp.*
—— Majer, *d. Gg. B. aus Schw. H.*
—— Mattiack, *d. Gg. B. aus Danzig.*
Frau Profefforinn Papft.
—— *Hofräthinn Charlotte* Pfeifer.

Herr

Herr Dr. Med. Pfeifer.

—— Schenk von Geiern, *d. R. B. a. d. Anſp.*

—— Seefried, *d. Gg. B. a. d. Anſp.*

—— Stalmann, *Kaufmannsdiener.*

—— *Magiſter* Stieber. •

—— *von* Sutton *aus England.*

—— Tanck, *d. Gg. B. aus Hamburg.*

—— Wagner, *d. R. B. a. d. Bayreuth.*

—— Wenz, *Stud. aus Nördlingen.*

—— Zinn, *d. Gg. B. a. d. Anſp.*

—— Zorn, *d. Gg. B. a. d. Pappenh.*

Vier Ungenannte.

Ermetshofen.

Herr Pfarrer und Senior Eſenbeck.

Frankenberg.

Herr Obriſt - Kammerherr von Pöllnitz, *Freyherr auf Frankenberg.*

—— *Kammerherr Carl von* Pöllnitz, *Frey-herr auf Frankenberg,* 3 *Exempl.*

Fräulein Friederika von Pöllnitz.

Herr Amtmann Wagner.

Frankfurt a. M.

Herr Brack, *der Ältere, Dr. d. R.*

—— Ehrmann, *Dr. Med.*

—— *Kaufmann* Gebhard.

—— *Kaufmann* Grewe.

—— Horn, *Dr. d. R.*

L 3

Herr

Herr Lieutenant *Alexander* von Klenk.
—— *Kaufmann* Kraufs *von Schwarzhaufen.*
—— *Buchhändler Franz Auguſt* Krebs.
—— *Baron* von Kruſſe , *Obriſt - Lieutenant in Hanöv. Dienſten in Oſtindien.*
—— *Kaufmann S. F.* Kuſtner.
—— *Baron* von Maſſenbach , *Rittmeiſter in k. k. Dienſten.*
—— *Kaufmann Ludewig* Menſchel.
—— *Kaufmann* Platz.
—— *H. A.* Raſcher, *Gaſtgeber zur Reichskr.*
—— Scheuermann , *Pfarrer zu G.*
—— *Kaufmann* Zittwolf.

Freudenbach.

Herr *Pfarrer* Ammon.

Fürth.

Demoiſ. S. B. Lorenz , *2 Exempl.*

Geckenheim.

Herr *Pfarrer M.* Beigel.

Gundheim in der Pfalz.

Herr *Amtmann* Huſſemann , *5 Exempl.*

Halberſtadt.

Herr *Reſtor* Fiſcher.
—— *Canonicus* Gleim , *20 Exempl.*
—— *Kammer - Secret. Klamor* Schmidt.

Hanau.

Herr *Kammer - Aſſeſſor von* Meyerfeld.

Heil-

Heilgenſtadt.
Herr Ober - Landgerichts - Aſſeſſor Strecker.

Kl. Heilsbronn.
Herr Buchhändler J. S. Tiefbrunner.

Helmizheim.
Herr Cantor Geyersbach.
—— *Chirurgus* Krackhart.
—— *Pfarrer* Stadelmann, *für ſich und eine
von ihm beſorgte* Fränk. Liter. Leſe-
geſellſchaft, *2 Exempl.*

Heydenheim.
Herr Rath und Amts - Richter Pflaum.

Hildburghauſen.
Herr Candidat Brunnquell.
—— *Hofadvocat* Erdmann.
—— *Secretär* Fehmel.
—— *Dr.* Fiſcher.
—— *Candidat* Geldner.
—— *Hofbuchhändler* Haniſch, *4 Exempl.*
Frau Hofadvocatinn Jacobi.
Herr Hofadvocat Jacobi.
—— *Hofadvocat* Nonne *der Jüngere.*
—— *Hofadvocat* Rückert.

Hirſchland.
Herr Pfarrer Lindenmeier.

Hohn am Berg.
Herr Pfarrer Hopffer.

Hol-

Hollach.

Herr Amtmann Wölfing.

Jena.

Herr Chriſtian Örtel, *d. Gg. B. aus Fr.*
—— Sutorius, *d. Gg. B. aus Heilbr.*

Ippesheim.

Herr Geyersbach, *d. R. Candidat.*
Demoiſ. Sophie Goller.
Herr Chirurgus Krackhart.
Frau Amtmännin Schneider.
Herr Amtmann Schneider.

·Ipphof.

Herr Amtsvogt Frick.

Ipsheim.

Herr Kammer - Commiſſions - Rath und Amt-
mann Richter.

Jugenheim.

Herr Ober - Schultheiſs Lindenmeier.

Külsheim.

Herr Landſchafts - Rath Cramer.

Leipzig.

Herr C. F. Bretzner, *Kaufmann.*

Mainbernheim.

Herr Adam Chriſtoph Lampert, *d. R. C.*

Markt-

Marktbreit.

Herr Joh. Ernſt Günther, *Kaufmann.*
—— *Wilhelm* Vogtherr, *Kaufmann.*

Markeinersheim.

Herr Hofprediger Harung.

Mitteldachſtetten.

Herr Pfarrer Albert.

Mönchſondheim.

Herr Amts - Schultheiſs Krackhart.

Münſter am Stein.

Herr Pfarrer Fabel.

Nenzenheim.

Herr Pfarrer Göring.

Neuſtadt an der Aiſch.

Herr Alberti, *Landshauptmannſch. Secretär.*
—— *Magiſter* Gabriel, *Lehrer am Gymn.*
—— Kaufmann, *Kauf- und Handelsmann.*
—— *Commiſſions - Secretär* Knab.
—— *Conrector M.* Örtel.
—— *Obriſt - Lieutenant Freyh. von* Pöllnitz.
—— *Stud. Juris* Schambach.
—— *Adjunct* Schaufler.
—— *Stadt - Syndicus* Walz.

Nürnberg.

Frau Kaufmänninn Catharina Ammon.
Demoiſ. Wilhelmine Sophie Bauereis.

Herr

Herr Kaufmann Bezzel.
—— *Magiſter* Bezzel.
—— *Dr. und Syndicus* Colmar, *2 E*
—— *J. C.* Falke.
—— *G. H.* Feich.
—— *C.* Fleiſchauer.
—— *J.* Fleiſchauer.
—— *L.* Fleiſchauer.
—— *J. A.* Gebhardt.
Demoiſ. Lucia Götz.
Herr J. Kettner *aus Greiz im Vogtl.*
Frau Mar. Eliſ. Kieſsling, *Markts - Adj.*
Herr Chriſtoph Carl Köllmer, *Kriegs-Raths-*
    Subſtitut.
—— *Candidat* Maier.
Fräulein Anna Johanna von Merz.
Herr Baron C. J. W. Scheuerl *von De-*
    tersdorf.
—— *Johann* Schnell.
—— *Profeſſor* Stoy.
—— *J. F.* Weber, *d. A. B. aus Altdorf.*
—— *Joh. Friederich Ernſt* Weber.
Frau Kaufmänninn Magd. Felic. Werther.
—— *Kaufmänninn Marg. Marth.* Wirſching.
Drey Ungenannte.

Ober - Ferrieden.
Herr Juſtiz - Rath Dr. Cella.

Odernheim am Klahn.
Herr Georg Koch, *Schullehrer.*

Of-

Offenbach a. M.
Herr Joh. Heinr. Rauch, *Weinhändler.*

Prag.
Herr A. G. Meifsner, *Prof. d. fchönen Wif-fenfchaften, 2 Exempl.*

Regensburg.
Frau Geheimeräthinn und Comitialgefandtinn Freyfrau von Gemmingen, *6 Exempl.*

Herr Maximilian Freyherr von Karg.

Fräulein Wilhelmine von Koch.

Demoif. Lifette Koch.

Fräulein von Ompteda.

Herr Legations - Secretär Oppermann.

Fräulein Philippine von Struve.

Reufch.
Herr Pfarrer Strebel.

—— *Candidat* Strebel.

Rödelheim.
Herr Regierungs - Affeffor Buff.

Römhild.
Herr Rector Berger.

Rothenburg o. d. T.
Herr Klofter - Secretär Albrecht.

Herr Doctor und Phyficus Bezold.

—— *Conrector* Bezold.

—— *Gymnafiaft D. F.* Bezold.

—— *Gymnafiaft G. D.* Held.

Herr

Herr Rector und Professor Lehmus.
—— *Gymnasiast G. A.* Lehmus.
—— *Gymnasiast A. T.* Lehmus.
—— *Gymnasiast D. C.* Lehmus.
—— *Candidat* Merz
—— *Gymnasiast G. D.* Purkhauer.
—— *Gymnasiast C. F.* Walther.

Schwabach.

Herr Amts - Scribent Köhler.
—— *Organist* Köppel.

Schweinfurt.

Herr Diaconus Mag. Bundschuh.
—— *Hofrath* Goll, *6 Exempl.*
—— *Ober - Lieutenant, Freyh. von* Wöllwarth,
in kön. Preuss. Diensten.

Schweppenhausen.

Herr Amts - Schreiber Lang.

Simmershofen.

Herr Pfarrer Vogtherr.

Sobernheim in der Pfalz.

Herr Balbiano *d. R. B.*

Sprendlingen.

Herr Wilhelm Gaber.

Steinhofen.

Herr Peter Eelser.

Stockholm.

Herr Wenner *königl. Leib - u. Hof - Chirurg.*
Su-

Sugenheim.

Herr Pfarr - Vicar Weth.

Sulzbach.

Herr Hof- Kammerrath L. M. von Köhler.

Thurnau.

Herr Reichsgraf von Giech.
—— Georg, *gräflicher Hofmeiſter.*

Uffenheim.

Demoiſ. Charlotte Bernhold.
Herr Vicarius Brand.
—— *Dechant* Eſenbeck.
Demoiſ. Minna Eſenbeck.
Herr Candidat Eſenbeck.
—— *Kammerrath* Jung.
Frau Stadtvögthinn Friederike Köhler.
Herr Stadtvogt Köhler.
—— *Stadtſchreiber* Wiedmann.

Unterickelsheim.

Herr Pfarr - Vicar Döderlein.

Unternzenn.

Frau Generalinn von Seckendorff.
Herr Rath und Amtmann Henrici.

Vilbel.

Herr Franz Brotzler, *Weinhändler.*

Vorch-

Vorcheim.

Herr Geheimerath und Oberamtmann Frey-
herr von Münfter.
—— *Hofmeifter* Muck.

Weimar.

Eine ungenannte·Dame *16 Exempl.*

Welfchleben bey Magdeb.

Herr Pfarrer Hahnzog.

Weftendorf.

Herr Stich.

Wiefenbronn.

Herr Seniorats-Vicar G. H. Gerber.
Demoif. H. L. Gerber, *2 Exempl.*
—— *J. F.* Püfchel.

Windsheim.

Herr Conrector Schirmer.
—— *Vefperprediger* Speier.
—— *Affeffor* Speier.

Wirzburg.

Herr Regiftrator Helmuth.
—— *Profeffor* Sinner, *10 Exempl.*

Wöllftein.

Herr Amtsvogtheyfchreiber Boger.

Nachricht.

———

Dafs ich, mit Diefem einzigen Bändchen, von der Fabeldichtkunſt noch nicht Abſchied zu nehmen verlange, ſagt ſchon die Aufſchrift: *Eiſte Sammlung*; ob aber die Fortſetzung in vier oder fünf Jahren nachfolgen werde, läſst ſich, wenn ich auch zuverläſsig auf Leben und Geſundheit rechnen dürfte, zum Voraus nicht beſtimmen, da, wie Martin Opitz ſagt, ein Poet nicht ſchreiben kann, wenn er will, ſondern, wenn ihn die Regung des Geiſtes treibt. Von dieſer Erſten Sammlung ſind etliche Hundert Exemplare mehr gedruckt worden, als für die Abonnenten - Zahl nöthig war. Liebhaber, die den Prän. Pr. von 30 Kreutzern, bis Uffenheim poſtfrey, mir zuſenden, können alſo noch damit verſehen werden; doch müſsen die, welche nicht ſehr frühzeitig Beſtellung machen, ſich gefallen laſſen, die Exemplare auf gewöhnlichem Druckpapier

an-

Nachricht,

anzunehmen , da deren nur noch wenige von der weißern Sorte vorräthig find.

Sollte noch hin und her jemand bey Sammlern vorausgezahlt haben , und nun kein Exemplar erhalten: fo liegt die Schuld nicht an mir, fondern an der unrichtigen, oder gar unterlaffenen Beforgung des Geldes ; denn bis itzt , da ich diefs fchreibe, (es ift der 5te Julius) find noch keine Beftellungen eingelaufen , als die , deren im Pränumeranten - Verzeichnifs gedacht wird.